清水博司詩集

Shimizu Hiroshi

新・日本現代詩文庫

154

土曜美術社出版販売

新・日本現代詩文庫　154　清水博司詩集　目次

詩篇

詩集『ことばは透明な雫になって』（二〇〇八年）抄

評論

解説

詩篇

詩集『地球に吹いた風に』（一九八七年）全篇

「まかべ　じん」さん

〈ゆっくり小便をしたり
　摘みくさをしたり〉
しながら峠にたどりついた旅人は
土を握り
土の汗をふき
透明なかげろうのように
ことばをいっぱい胸にひそませて
ぼくらの世界に別れを告げていった

こんなにして
たくさんの人々に別れを告げた
そうしてたくさんの人々が
ぼくらの世界に別れを告げていく
ぼくは取り残されたような不安にかられ
日本の湿った風土のただ中で
濡れ続けていなくてはならないのか

峠に降りそそぐ
乾いた星たちの仲間として生き
そして去っていく人を
去っていくままにして
ほくらの淋しみは
この国の片隅でひっそりと
生きつづけるだろうけれど

霧に八月を奪われたぼくらは
一挙に
突き抜ける九月の青空にさらされると

峠へむかう旅人として
身繕いをはじめるのだ
ぼくたちもまた
一匹のかげろうであるがゆえに

愛する　石原吉郎さんへ

愛する
ということばは
他動詞
つまり
働きかけねばならぬいのちを捜す
結ぶ
離れる
いのちがあらねばならず
そのはずの

しかし
あなたのそれは
自動詞
はぐくむべき〈を〉を持たず
いつまでも
ツンドラになにかを縛りつけたまま
ラーゲルとニッポンを往還している

哲学

いないないばあ
いないないいばあ
いないいないいばあ
いないいいないいばあ
蟻が蟻の足で
哲学する

じんせいとは
いないいないばあ
チェーホフおじさんがいいました

ああ、君、そんな考えは捨てなくちゃいけません*

いないいないばあ
蟻の足は
哲学しています

* チェーホフ「ともしび」より

箴言

生きることは
お金のかかることです

あいとか

あいとか
きぼうとか
いかりとか
かなしみとか
あたたかなわらいとか
しずかなおもいやりとか
せいぎとか
りそうとか
せいじつとか

よのなかと
わたくしというものと

こえをかけあえなくなって
ずいぶんたち
よろこびとか
いとおしさとか
せつなさとか
そういうものが
しみてこない

わたくしさえも
ゆるしてしまう
わたくしだけを
ゆるしている
〈ゆるす自分がゆるせない〉
といったのは
なかのしげはる
というひとだったか

ひろばがきえ
つちがきえ
くさはらがきえ
こどもたちが　にじのしたからきえ

まずしさもきえ
たいふうもきえ
れいがいもきえ
いくさもきえ
へいわもきえ
ゆめもきえ
しずけさもきえ
にぎやかさもきえ
しぬことさえもきえ

わたくしたちの
めのなかを

〈くびのないうま〉が
はしっている
でんせつだけが
とりのこされて

おもいでの「な」

なつめのき
なでしこのはな
なつの
なみだ
なれしたしんだ
なかよしこよし
なきながらわかれた
なやましくて
なまなましくて
なつかしくて
ながれていくよ
ながいかわを
おもいでの「な」が

かわうそ

かわいい
かわうそ
かわいた
かわで
かさを
かざして
かあさんさがす
かなしいかい

あなた

どうして
あなたはいるの
わたしとちがう
なまえをもつ
あなた
あなたは
なぜ
わたしにわらいかけるの

わたしのこころは
あなたがふしぎ

いのちが
わたしのまわりで
おどっているのは
なぜ
どうして
こころは
せつないの

あなたのなまえを
おしえて

あなたは
だれ

木末に

ゆれてる木末にしがみついて
ぼくは考える

この木に上ったのはなぜだったのか
友達に
はやしたてられたからというわけではなかったん
　だ
ただ上りたかったから上ってきた
ゆらゆらゆれるてっぺん
風はやわらかいし
陽はぽちぽちあたたかい
そのことばかりが感じられ
眠りたい
春だ
春なのだ
なのに
眠れない
木末では
空をつかむと
おっこっちまう

でも
とべる
かも
しれない
だから

電話

もしもし
こちらはＴＯＫＹＯ
もしもし
きこえていますか
返事をください

そちらはだれですか
だれでもいいんです

応えてください
もしもし
きこえますか

もしもし
ああ　あの
へんな電話じゃないんです
いえへんかもしれません
へんです
へんですが
ああいう類いの
ええ
そういう電話じゃないんです

放送局かですって
いいえ
そんな人を馬鹿にしたような電話でもありません

ケイサツ
いいえ　とんでもありません
あ　きらないで
どうか
あなたの声が

もしもし
もしもし
どうか
もしもし
もしもし

舵

あいつが間抜けだった
といってももうおそい

舵を凍りつかせて
うろたえながら
航海上での注意とかなんとかいう
ハンドブックをあわてて読み直している
あいつを批判したところで
もうおそい

ぼくらの
二億年が終る日
海は蛍でいっぱいなのだ

その日
ぼくらはぼくら自身に会釈して
蛍の中へ身を投げるのだ
するとぼくらは
海と空との間で
青白く発光したまま
永遠に静止するのだ

船長をきどったあいつは
ゴムボートで逃げた
遊覧船を
空母だといいはっていたが
うまく逃げおおせたか

地球は蛍で埋めつくされている

亡霊

午前二時
赤潮が地下を潜り
旧い墓地で発光しながら吹き上げる

と
白い顔の喇叭手たちが遠い夢から起き上がる
目と唇の赤く濡れた

進軍

　殺セ殺セ児ヲコロセ
　アジアノ危機ダイザ行カン

わが国の危機というわけで
身も心も捧げつくす
亡霊費をつくらなくちゃあ
〈くにを愛しているからにゃ〉
脱糞しながらの行軍
皇軍のコウグン

女を食べた

妻ではなかった
恋人でもなかった
母でもなかった
おれにとっては

児を食べた
わが児ではなかった
隣の児の味がした
隣の児の肉はそいで食べたことがある

　殺セ殺セ想イヲ殺セ

墓石の破片が飛び
男たちの脛に突きささり
女たちの乳房をえぐる

口の中には児の肉

手にぶらさげているのは女の乳房
膝をつきながら男
いざるか

　しかし奪われたものの真実

児をかくせ　　　　　女をかくせ
ことごとくかくせ　　ことごとくかくせ
死んだ児をかくせ　　死んだ女をかくせ
ことごとく死んだ　　ことごとく死んだ
　児をかくせ　　　　　女をかくせ

骨を探す
児の
女の
骨を拾う
骨が買われぬうちに
骨が売られぬうちに
あれらのタキシードを着た亡霊を墓に返す
けついを

十年たったら

逢うのだ
十年たったら

弥生三月
汚水の流れる多摩川を
流れる
花びら花びら花びら
のようなものに
くちづけして

わかれた

あれから
さざめきが聞こえ
十年だろうか
落ちた
流れた
モノたちが
辿りつけない河口

流れを流れているはずなのではあるが
モノたちは
崩れない体を抱えたまま
入水の記憶を
海へ運ぶことができない

モノたちは
したたかに水を飲むこともあるのだ
その水を吐くこともあるのだ

十年たったら
逢う
ほっそりした意志

モノたちを海へ運ぶため
あるいは死なせるために
十年たったら
河口を截る
海と逢うのだ

ピンチランナー

午前六時四十七分

リード
リード
速いだけがとりえなのだ
眼を盗んで
かいくぐって

河川敷の風は
北へ流れねばならない
やわらかく
つまり
ここから北へ二十メートル
子供の手をひく君がいる
というわけだから

見る
視る
看る

ちらりと瞥る
うつむいて　みる

羽を持たずに滑走する
人々の伝説が
君に届いたか

リード
ピッチャーは
二日酔いで
プレートの上で吐く
戻す
戻る

セカンドベースへ
逃亡するのではない
進む

あるいは
奪う

汗が断たれる
憤死か
殺されるか

君も子供も
盗んで
さらばだ

スタンディングよりは
クラウチングで
姦通しよう

今日は

きょうは
明日の今日でもなく
昨日の今日でもない

今日ないものは
昨日あったと
誰もいえない
今日ないものが
明日あると
どうしていえる

きつねのよめいり
だね
あんなに美しい青空なのに

なんてしぐれているのだろう
地球まで
文法を失っている

ぼくらは
その青空を包めない
あそこで鳥は青空の端を啄んでいる
あの鳥を捕えて食べたらどうだろう
鳥を食べて

それで青空を包んだことにはならないか
胃は痛むだろうか

そうしてそれから
痩せた胸板さらして
ぼろをまとって
一本足で

耕したアスファルトの上に
立つ

風葬ないしは鳥葬
なのだ　それは

きょうはきょう
きのうはきのう
あしたはあした

地球に吹いた風に

これから
あれから
それから
そうしていつから風が吹いたのだろう

踵を返して去っていく時を
目撃した

火葬された
土葬をねがうぼくがいる
土饅頭の中で
蛆やふんころがしやミミズや
そういったものと
仲良くしていたいのだ

時代が
再生され
再声され
ゆがんだりのびたりするテープの中を
駆る

それはもうぼくの責任じゃない

胎児が嬰児になったとき
腐敗しはじめたので
ホルマリンを用意して
テープを浸ける

それもぼくのせいじゃない

ぼくの土饅頭は下がり
ある日の正午きっかりに
陥没する

ああ
その日ぼくは
ようやく
地球に吹いた風に

紛れて

水葬

河の底で
水葬のために殺がれた耳が
揺れる
水葬でしか蘇生しない魂もあるのだ
耳は聞く
地異に
時を割りつづけ
繰り返し繰り返し
生れている
羊歯たちの
ことば
はるか

水葬の流れの上を
羽化した少女たちが
あやうく渡って行く
ささめごとを交わしながら
地球史の
最先端の
あるいは
最後尾の
飛びたちであるのかもしれないけれど
いっせいに
彼岸をめざして
ほっそりとした羽を
燃やしながら
少女たちの
ことば
はるか

新宿

1

長く生きていると
行動が様式化されるんだというやつがいて
おれらもそうかと思うんだ
十代の終りの日々
あてどなくぐるぐると歩きまわっていた
新宿の舗道を
今日もまた
おもしろくもなく歩いていることに
ふと気付くと三十代の半ば
約束もなく
夏はくぐもった音をたてている
シュプレヒコールの波の絵を見る
出自を捜しはじめた人々の
うつろな目付き
水虫に悩み棒立ちになっている
イワン・イリイチ
クーラーのききすぎた喫茶店で震えながら
汗を落とし続けている
農耕馬
長い間かかって集めてきた
身から出たサビ
思想までもがこころざせなくなっている
湿った夏の欲望の様式化
　　ばかだね　おれら
　西日ばかり浴びようとして

2

ナフタリンの臭いのする話ね
と
いわれたので

精一杯の青さの長い袖のコットンのシャツ
の背中は汗で濡れ

みずうみや
もりや
とうげや
たくさんの
おぼろな風景が浮かんでいる

そこに海はあるの

あるよ
あるのだけれど鉛色で
ひんやりと重く
たくさんの人々が
夏に沈んだまま帰って来ない

虫よけにしているんだ
と
こたえて
自分のこたえが応えた
時間は個有にあるのだけれど
個有であるがゆえに
ぼくらの間を
失われることなく
いい女のように歩いている

じゃああんたは
夏にいつも長袖を着てる国からやってきたってわ
け
といって
じろじろ見るので
服を買う金がないともいえず
黙ってうなずく

もういいわ

背中が汗で濡れ
ぼくはこんなに汗っかきじゃなかったと
突然思い出す
それに
こんなに嘘つきでもなかった

3

流れていて
流れに乗って
気が付くと
流れからはずれている
そんなふうに
人生というものがあって
どんどんはずれて
そういえばむかしここは江戸のはずれではなかっ
たかと思い出すが
はずれることには違いなく
だからいっそ
厳しくはずれていく

寒い八月

（わたしの汗の塩をなめよ
　わたしの死の砂糖をなめよ）ゴル

寒い八月の質量がわたしのすべてだ
わたしをとりまくわたしの時代だ
ふいに朝を奪われたら
わたしはうろたえるだろうか
八月
あなたの口が動く

奪われた朝について
語るために
であるのか
しじまの孕む発語

閃光とともに路上に貼りついてしまった記憶を語
　り続けている
あなたの声を
見失わせる人々よ
たむろし
大声で威嚇し
わたしの時代なのか
この時代は賑やかに売られている
朝は叫びもなく蒼空に溶けた
血にたとえられる樹木
焔の髪

雨に撃たれた胎児のあなた
おびただしい影
それ
それら
ことごとく翼を溶かした

ひらかれたままの口から
わたしとわたしの時代に向かって
流れつづけている
砂のことば

知らないという恥辱にまみれ
時代に繰られ
八月を凍えて生延びている　わたし
慌しく雑踏の間に身をおいて
〈かしこさ〉ばかりを学んだ

〈いきざま〉などといわれるそれら軟体動物の口
　腔を持ち
寡黙な死に
厳しく拒まれる

時代

1

フィルムの中のぼくらは
停止した世界で
ポーズをとりつづける

2

砂丘をむしりながら砂丘の外の砂の世界を
思いつめる

「数えられる死とは　どんな死」
生きているあなたの中の
燃えつづける死者のおびただしさ
あなたはだれに向かってことばを発したのだった
か
傍らで呼吸をひそめているのは
裸足のわたし

恋人たちは光りながら
夜の河にボートを浮べ
ことばを交わすこともなく
暗い朝と明るい夜のはざまで
えいえんに
オールを動かしつづけるのだ
産まれてくるはずだった胎児にみつめられながら
わたしは　おびただしい饒舌に囲まれ

3

駄馬としては上等に属すると
にたつく男

4

異邦の時空を担がせられて
アキレス腱のない足で
駆けようとすると
落下する青空

5

よろこぶ
喜ぶ
慶ぶ
悦ぶ
台、兌、忻、怡、欣、賀、熙、僖、説、歓、
懌、懽、讙、款、興、愉、陶、予、快、

よろこびが少ないから、ことばが多い
かなしむ
かなしみがあふれすぎるから　ことばは少ない

ふみだす

（ふみださなければ幸福は手に入らないのね）
とあなたは言う
ふみださなければ
ああ　しかしつまづくこともない
挫いた脚で世界を跛行する
（重い蒼空がぼくの体のどこかにあるはずなのだ
が）
擦過することば
とどまればやさしく
どこまでもあなたの声の響く

さよなら
ぼくの時代の中で
そのつぶやきとともに
北の谷底へ転落したひとりの青年
ガムテープで体を巻きガス栓をひらいた若者
たくさんの幻聴がきこえる
ぼくらいきつづけるものは
それでもなお
木陰から飛び出してくる少女を待っていたのだったか
（きのうのことはわすれようとしているの
だって　ふりかえる作業は
センチメンタルで　疲れることですもの）*
飛び出してきた少女もいのちをたった
とどまる時代はない
ありふれて
あたりまえで

それでもなお待ちつづける
いったいどれだけ多くの人々と挨拶をしたことだろう
遠く流されながら
ふみだすことのできる広場もない
ふみだす意志も途絶えがちなぼくに
ただひとり
あなたの声
（ふみだしましょう
幸せにおののいてはいけないのよ）
寂しい風が吹いている
ぼくにおののくぼく
ふみだすとき
ふみだせば
ふみだせ
ふみだして
みる

＊　一九七〇年代のはじめに週刊朝日の表紙モデルになった保倉幸恵のことば

掌

五本の指の突きささる丘に
人生をみたてる者もいるが
そんなことよりも
掌にまるくおさまる
女の乳房のほうが気になる
五本の指
それぞれに
貪欲な胃袋があり
顫動し
欲望を満たすまで幸福で
いかがわしい彷徨をやめない

ふるえながら
触れ
握りしめ
満たされたはずの掌に
十月の青空のような
透明な悲しみが広がるのは
なぜなのだろう

かなしい人に

かなしい人につらくあたることもあるのだ
ひとは
いわれなく
ひとを
打ちのめすこともあるのだ

自嘲と
高慢との
間を舌が滑っていくのだ
酒を飲むと

一度にたくさんの〈真実〉を見すぎると
生きる力を失ってしまうこともあるのだ

美しいものを信じすぎて
それでいい
そうやって
美しいものが
罅割れていくのを見ることに
耐えていくのだ
罅割れていく自分のこころに
耐えていくのだ

黙って
かなしい人に
おいうちをかけないように

せせらぎ

とある日
コクワの実に手を伸ばす樹の上の少年たち
林を抜け
熊笹をこぎ
小さな洞に潜り込み
山ブドウの蔦をひきずり
トウキビ畑に潜り込み
隠れる
ヒミツの場所からヒミツの場所へ

影と共に飛込んでいく
息を弾ませてささやきあう

なぜかわからないけどこころが
雲の中にはしっていく
かっぱらい
になるのか　おれたち
なまいき
になるのか　おれたち
トウキビハウレルガ
コクワハウレナイ
ウレナイモノハ
トッテモイイ
だけど
悲しいのはなぜだ
ウレント平気カ
ウレンモノハ平気ダ

オンナハウレルカ
ウレル

だれとだったのだろう
あのささやきあいは

ふいに
シマリスだ
ドングリかクルミだぞ
細いひかりのさしこむ湿った森のなかに響く声ご
え
小川でクルミのしぶのついた手をあらう少年たち
　の姿は
せせらぎにはじける
長い影を踏みながら
たくさんのことを置き忘れ

たくさんのことを知り
帰っていく少年たちを
時は追いかけ
くるぶしの
茜色に染まる

滑落

そしてそれから
ずいぶん長い間
沈まぬ夕日だった
岩壁で
陽に目がくらんだ一人の若者が滑落した
その掌にエゾシジミが形も壊れず残っていた
そしてまたそれから
帰路についたはずの少年がいまだに家にたどりつかない
冬が来る前に
秋の影の中に紛れてしまったのかもしれない
と　だれかがつぶやいた
それから
夕日は終らない
広場が燃え
せせらぎあかく燃え
トウキビ畑燃え
少年が燃え
あたりまえのように
山も谷も森も
いつまでも夕焼けて
乾いたアスファルトの上を蜃気楼のように
少年は歩いているのだ
帰り道を失い
いまも少年のまま

掌に
何かを握りしめ
歩いているのだ

夜には船で

ふと目覚めたとき
まだあらゆるものが眠りについたばかりの時刻の
　ようで
不安や恐怖や悲しみや疲れが枕もとでひしめきあ
　っていた
寝入ってしまうとそれらは
窓から桟橋を渡って船に乗る
七つの海と七つの大陸七つの銀河
砂漠の町で
島の港で
都市で
青い惑星で
窓という窓から桟橋を渡って乗り降りするそれら

船長がいう
　いろんな客が乗ったり降りたりするものさ
たまには
「幸福」って名乗る客もいる
こいつはずうたいばかり大きいが
すこぶる小心者
おまけに正体がばれそうになるとひらきなおる
横柄で金づかいもあらい
もっともそれが
らしいところだとは思うが
ときどき
桟橋から
足を踏外して海に落ちたり

乗込んだらそのまんま船の中で眠りこけ
降りるはずの港で下船できなかったり
降りるべきじゃない港に降りていって
どんちゃん騒ぎをやらかして
そしらぬ顔でまた船に戻ってくる
船員たちはてんやわんやで
彼が無事さよならしてくれたときにはほっとし
　た表情で
手をふるのさ
それにしてもやけに明るいやつさ
それに比べて
「不幸」ときたら
船の中じゃ一睡もしない
青褪めた顔でただじっと座っているばかりで
酒も飲まない
もし飲ませたらからみ酒になるのかもしれない
と　船員たちは噂する

きっと女を知らない　やつが男なら
やつが女なら　男を知らない
どうでもいいことなのだか
噂ってのはどうでもいいことが楽しいものには
　ちがいない
船員たちも退屈しているからね
ところでやつは
男のような女のような顔をして
いつも律義に
律義すぎるほど律義に
自分の港で降り
自分の窓へ
自分の枕もとへ
帰っていく
たしかに手数はかからないんだが
船員たちにとっちゃ歯がゆくってしかたがない
そういうものさ

ところであんたの窓から出てくる客は……
船長の姿はとつぜん消えた

ところで
ところで俺の窓から出ていく連中はごちゃごちゃ
と
と　それから考えた
考えて考えた
すると船酔いになりそうになったので
あわてて枕の中に眠りを捜す

野付牛

故郷が北にある
アラゴンの故郷はもっと北にある

乾草の臭いのする村々に囲まれる
ひとつの街
ヌプンケシ（野の果て）と呼ばれ
夢からたたきおこされて
野付牛と文字をうたれた

夢を略奪された野付牛は
うつろな顔した人々に占領される
ヌプウンケシは言葉のみで宙をかける

本土で略奪される人々は
略奪しながらこの地にたどりついたのだ

かつてそこに井上伝蔵が潜んでいたことが
たとえばひとつの衝撃にならないという

わずかな人々に支えられる知性

ボスがいて
ボスにからむサルがいて
郷土愛に燃える
ちぐはぐな　つじつまのあわぬ
略奪の歴史に目をつむり
ひとしきり出世譚

街はよそものにはつめたいが
ショーウインドーの中の派手なよそものにはどう
　なのか

野付牛が北見とかわったときから
役場はエリートのお役所
インスタント　インスタント

倒れそうな知性は
日本の知性をまるごと否定しながら
痩せつづける

故郷としてそれらが
青臭くぼくの肺にただよっている

凍る風
グラムシの風
レニンの風
たしかに激しい肺を凍らす風
すっぱいブドウにならない生きざまにむかう
アラゴンの　エリュアールの　風
小林多喜二の風
久保栄の風
凍る風
激しくとりまく風

ビル

東京の郊外の街のビルの
八階の
喫茶室の
窓から
街の底を覗くと
そこは
底の底で
それだから
そこへむかって
ぼくの足は伸びて行くが
もう四十分もたつのに
まだ底に着かず
伸びている
伸びている足を見ようとしても
もう何も見えない
だから
コーヒーを追加して
夕暮れの都市を見ながら
君はもうくるのじゃないか
もうすこし
あとすこし
とねばってみる
がすでに
閉店のただならぬ気配が
するのだ

詩集『いきつもどりつ』（二〇〇〇年）全篇

海峡

幾度か
海峡をわたったことがある
海峡の背鰭を着込んでいるのはぼくのようであり
ぼくのようではなかった

「あれはなあに」
と少年が父らしい男に尋ねている
「あれはいか釣り船」
と男が答えた
〈いか釣り船〉
ぼくの前で
星々と見分けが付かずに流れる光の群れが
瞬いている
事実はためらいながら錯覚をもたらし
錯覚はかたくなに事実にしたてあげられ
海峡をわたる

老人たちには
エゾと「内地」を結ぶ道だった
海峡を挟んでつまりそこは「外地」

ぼくのなかの何かが剝奪されて
しかしぼくはもっと剝奪し
野原をただ同然で手に入れた人の血を引く

広い畑を馬車に乗る少年の日　ぼくは
夕日から吹いてくる風に
だまって身を任せていた

海峡に吹く風がある
閉ざされる海峡がぼくなのだ
ぼくはうねりながら流れる
ぼくは魚を食い
魚たちは銀色に輝きながら
ぼくの背鰭を食い
いつの日にか魚たちはぼくを解体する

海峡をわたったことがある

行間は遥か北国の

手紙が届く
消えかけていたものが
体内に呼び戻される
ひとつ　ふたつ　みっつ
数えながら

折りたたんだ手紙を開くと
行間ばかり
けれど
行間は
遥か北国のかおり

「ごらん　まもなく冬の海だ
　波頭を
　海鳥がいく」
「海鳥はあんなにもなにげなく海を割るのね」
「そして海図も持たず海を渡る」

「雲は海へ溶けていくの　それとも空へ」
「ぼくらの明日へかもしれない」

行間は小刻みにふるえながら
ぼくの今日へ

電車の吊革の
他人の汗にしがみつく
くたびれたぼくの上で
少女があどけなさを売り物にして笑っている
ぼくたちの今日

眼をつむると
行間は　きみの歌声　ななかまどの実
そして
潮の祭り

駅（吐合）

耳をすませてみるといい
風が季節を割ると
掌からせせらぎが
聞こえて来はしまいか

春の旅の最中（さなか）
「吐合」という
不思議な駅名を見た

ぼくは
この旅を揺れながら
伸び
縮む

旅の始まりの日
北海道を横断する石北本線はまだ吹雪いていた
本線とは名ばかりの
単線

列車に乗って
少しばかり分ったことは
ことばは
ひとりでは生きられない
ということ

あの日
吹雪に煽られた機関士はタブレットを受け渡しそ
　こない
幾度か列車を止めてしまった
ぼくもまた
ことばを受け渡しそこねた者の一人

九州高千穂線「吐合」駅を通過する
幾度目かの春の旅の途上
人々が
ことばを
吐き合う
たくさんのことばを
それぞれの座席で
それぞれの掌の中にある
深い谷間（たにあい）の　緑色のせせらぎへ向けて

木のなかを（溢れる）

校庭のポプラが切り倒される日
教室を抜け出して
木に隠れる

樹液はぼくの体に流れ込む

集められた陽射しのまばゆさが　ゆらぎが
樹木の感情の陰影であることに気が付くまでに
ぼくたち自身が
樹木の年齢を生きねばならないのか

あえぐ木の感情

白く激しく降りそそぐ綿毛の種子
ポプラがあわただしく値踏みされる
のは　なぜ

人々の本音が爽やかだった
のは　いつ

命をほてらせる木々の　枝々の　葉それぞれの
あり方

その根方で
疲れたぼくらは
様々な姿態で
静かに眠った

切り倒される木の中を　ぼくは
遠くへ

木に語れ

行き暮れる日々を刺す針葉樹の葉
その一針一針の命のふきあげかた
日のあたりかた
雨のかわしかた

雪のたえかた
風をどう宥めるか
すべて
記憶はあらかじめ用意されて生れる
たとえば
松がパインと呼ばれても
パインが松と呼ばれても
それぞれの木はそれぞれの木の鼓動で生きている
鼓動の奥で木の血が流れる
耳を傾ける
耳を手のように
手を目のように
目は近しいもののためにだけ口になる
木に語れ
歌は静かに木の幹にしたたらせなくてはならない
木の感情に親しく寄添うために
一切が
裸心の歌であるように
木に語れ

森に入る

いつでもない一日なのだった
雨上がり
舗道の水溜まりを軽く飛び越えてみると
そこは深い夏の森だった
なにかを失ったようではあったが
あそこの枝のたわみ具合にしても
枝を支える幹の太さにしても
あるいは野葡萄のつるにしても
それらはすべて
親しいものでないはずはなく
迷うこともおののくことも

許されている
径を歩くと
顔をうずめて喉を潤した小川が
こぽこぽと音をたてて
ひんやりとした風を浮かべる
たしかにこの森で
あの時も迷って
緑色の雫に濡れながら
ぼくという存在そのものが
滴っていたのではなかったか
奪うでもなく奪われるでもなく
緑色の雫は
ぼくを通って
森へ帰ったのではなかったか
やがて森は回るばかりであるのだけれど
降り注ぐ
ここちよいめまい

街の物語

陽射しが赤みがかって
街の道筋がくっきりと見える午後
駅前に葭簀で囲まれた花屋
踏切を越えるとコンクリートで囲まれた刑務所
今日は踏切は渡らない
花屋の前の道を午後の影に沿って歩く
床の少し傾いている喫茶店
カウンターでは競馬の話
椿油しか使わない理髪店の老夫婦はもうずいぶん
　長いこと客を待っている
とんかつ屋の入口からは今日も女房と亭主の口論
　が聞こえている
きまぐれに
晴れた日の夕暮れだけ店を開ける古本屋

包まれもせずに手渡された一冊の「ガリバー旅行
　記」
若い夫婦のやっている洗濯屋
仕事が丁寧だと評判がいい
蕎麦屋のカナちゃんは十六
愛知県のなんとかいう町からやって来た
人気者だがここのところホームシックにかかり
周囲をあわてさせている
不動産屋は人が良い
ただしその女房はこめかみに膏薬をはって（信じ
　られないだろうが本当だ）
向かいで文房具屋をやっていて
この女房のいる時には
人はあまり不動産屋にも文房具屋にも近づかない
もっともなかにはうかつな奴もいる
善良というか愚図というか
あっという間にこの女房に見据えられ
不動産屋の裏のカビだらけの物置小屋に住まわせ
　られ
金をとられた
人の良い不動産屋はうつむいていたという
八百屋
魚屋
風呂屋の煙突
路地を入ると赤ちょうちん
灯はまだ入っていない
その傍に白木蓮の木が一本
花を咲かせ爛漫
根のあたりに
うらうらと飲み疲れた人々の
悲劇喜劇が溜まるのだという
たてまえか本音か
ほんとうか嘘か
真剣か冗談か

わからないままのことばが
絡みくだをまき
ほぐれないまま白い花の隙間から根に落ちる
葉のない枝
花だらけの木のあり方に体をあずけ
人は人を
裏切ったにしても傷つけるほどではなく
傷つけたにしても殺すほどではなく
殺したにしても——
殺したにしても
白い花は情というものの中に漬け込まれ
酒の肴となってしまう
迫り出す屋根　壁　塀　電柱　看板
街は震え
ゆっくり震え
人々はそれぞれの影を売り買いする
あること
いること
ありすぎること
いすぎること
そのこと全体が
ひとりひとりの影を値踏みせずにはおかない
だからせめて明日
「ガリバー」を
花を落とし葉を開かせた木蓮の下で
陽の方向を確かめ
もう一度
開く

滴る

滴るような情というのが
あると

いうのだけれど
情は錠で
枝を伸ばし合うと
澱のような情が滴るのは
とても困る

滴るのは情ばかりではなく
雨も滴る
天井のない小屋にすんでいると
屋根が滴る
ネズミが床下で滴ったり
黄色や赤や青やらのカビが体に滴る
つゆしらず　なので
これは困る

食えないことばかりが続く
と
食うためのエネルギーまで滴る
ひどく困る

生活　滴る
どうしようもなく困る

困ったあげく
笑い　滴る

くらし

くらしがあやしくなることもあって
狭いアパートの部屋の中で
膝をかかえてみたり
むやみに水を飲んでみたり
本を開いたり閉じたりしてみるが

どうやらなぐさめにもならない
くらしのまわりにある
くすんだ空気や
くちぎたない過食飽食や
唇のぬめりや
くだくだしい人生論やらが
じわじわとせめてくる
そいつは御免こうむりたいと
斜に構えていた
はずの
くらしが
うろたえる　と
餓鬼がやってきて
かきくどく
かきたてる
かきみだす
けれど
がまんもここまで
唯我独尊
くらすもののくらし
深呼吸をくりかえし
それからひとこと
冗談じゃない
と
餓鬼をふみつける

風・夏の

突然風がたわみはじけ
て日の中にやってくる
夏のコップの周囲の水
滴みつめているとむか
しの人々の姿が映り気

分はなつかしさかどう
かわからないがくらし
の根のあたりの少しの
渇きのようでコップの
中の水を一気に飲みほ
してみると咽の奥から
外に流れ出す風の激し
さにたじろいだりする
見えるものがほんとう
にあるとは限らないむ
かしどうやったら地平
線の上にたどりつける
のかを考えていたこと
があるがそれは滲みも
せずに今でもあるのに
ないのだけれどことご
とく滲みかすれかけた
日々の重なりは見えな
いのにあるのだ咽の奥
から流れる風は何にむ
かって吹くのかそれは
やはり地平線というも
のにむかってかそれと
もくらしの葉をそよが
せるためか

手紙

お元気ですか
体のこと　気をつかってくれてありがとう
意を決して　とうとう
この冬
安いアルコールで体温を調節することも

毛布にくるまる耐寒訓練もやめにして
東京電力と東京ガスの厄介になることにしました
それを「あたたかな生活」と呼ぶ人もいます
どうか御安心を
（冬の森をみたことがあるか
（冬の森の声を聞いたことがあるか
ご安心下さい
ようやく人並に
そう　これは人並でありました
甘美な都市生活　いいえ
一時凌ぎに過ぎません
おまけに
ぼくに不似合いという人もいたりして
（森の声を聞く
（聞きながらぼくらは柔らかく
（柔らかく凍ったまま冬を眠る

けれど　とにもかくにも
あなたの言葉にしたがって
すこしだけ
ほんのすこしだけ
「健康」やら「文化的」やら
の
「最低限度」を考えて
などというと目がまわりそうですが
生活よりも国防が大事だ
なんて　国会で言った奴がいて
（目を釣り上げ森を威嚇している
それに目配せする人も沢山いるので
生活はほとんど空襲警報だらけと思われ
ぼくが燃え
家が焼かれる前にすこしだけ
あたたかな生活
（ヨーロッパの都市は森に囲まれる

（森は海なのだ
（人は深い海の中に塔をそよがせる
あれらのなまぐさいことばに群がる人々をたっぷ
　り支えて
修辞を目に縫いこんでいるぼくの時代もぼくも
「雪目」で
瞬きがとまらず
ぼくは
なんだか　突然に
ああ　やっぱり
民主主義は柔らかく育ってはいなかった
といってしまいたくなるのです
（反転する森
（森は森のために眠る
「思想はささやく様子もない*」

と
ある哲学者がいっていました
ぼくらというものは
怪しい感情をむきだしにして
ずるずると止めどなく
無残に
止めどなく
（森がぼくたちを噛む

＊　桑原武夫「忘却の大河」（「図書」一九八八・一）

かまいたち

黄昏にやってきためまい
鮫肌のからっぽな胃のなかで
酸性の不透明な液体は

遠い記憶を溶かしている

激しい真空が駆け抜け
裁断した
その切れ間から覗いているもうひとつの黄昏の層

ぼくらは固唾を飲んで〈七時のニュース〉に
映し出される「友情」を見ている
カメラを意識する笑いだけを学びながら

微かな痛みも
僅かなためらいさえも
見えない
強いられた忘却
あるいは正当化
あるいは歪曲
あるいは矮小化

あるいは詐偽

〈首のないファシズム〉

かまいたちの
ぱっくりあけた傷口から
覗いているのは
いまも昔も
自らを裁けないぼくらの胃だ
冷たい汗を吹き出しながら
ぼくらの胃は世界のそしてこのクニの
あやしい胃へ飲み込まれていく

画像の外側で
殺掠（さつりゃく）された死者が
黒く鋭く立ちあがり
ひとりひとり

名を告げ
語り始める

相生橋で（ヒロシマ）

その日
それがいつでもない一日の
前日であるのかどうか
だれも知らない
あらゆるものの影が
くっきりとくまどられるような朝
食卓のトーストの焼けぐあいについて
小さな不満を持つことの幸福
いとなみがつみかさなって
うっすらとほこりのかぶるような記憶を
ショパンを聞きながら
一枚一枚思い浮かべることの幸福
いさかい
和解
ほころび
つくろい
それらいっさいが幸福のたぐいであり
生活のがっさいがそこにそうしてあるその日が
いつでもない一日の
前の日であるかどうか
だれも気づかない
空の群青にはおびただしいひびがあり
あやうくふるえている
杞の国の人の憂いばかりが
とりのこされて笑われて
むかし本当に
この空が崩れ落ちたことを
誰も思い出せない

その朝も
路面電車の音は響き
相生橋に
人々の影は行きかい

オブローモフが傍らにいて

七転八倒というわけでもなく
さりとて
七転八起ということでもない
終日寝転び続け
サティを聞き
紅茶を飲み
レニンを読んでいると
ああこれは誰かに似ているわりで
誰であったか

わが六畳
たたみの
上にカーペット
の上に山づみにした本
の上にほこり
の上に
色の消えかかったコーロギが登場する
のをじっとながめれば冬酔い
であるのか
硬いベッドの中に眠りを探す
明日の欠勤の理由は
冬酔い
そういえば長いこと仕事というものにたぶらかさ
　れていた
電話の向こうから
節操がない
という声が聞こえてくるが

恥ずかしながら
静かに愛し合えるところに行きたいなあ
と
半病人なのか　ぼくは
ぐずってみせて
人をいらだたせたり
したからって
失笑している人もいるわけで
わかった
オブローモフに似ているのだと気がついて
胸の上の蜘蛛の巣を払う
あいつは　けれど　あいつだった
あいつはあいつなりに誠実だったのだけれど
人に理解されない誠実を積んで重ねておく場所が
ベッドの上でしかなかったのだ
危うい
というのも

ドアのむこうでは
寒々とした善意の瞳が
弱り目に祟り目
怪しい光を湛えて待ち構えている
のだから

くりかえし

ひかりひだまりみずたまり
いきもののいのちのひみつ
いくたびもくりかえし
いくたびもいくたびも
ぼくたちがあらわれ
ぼくたちのむすこたちむすめたちがあらわれ
ぼくたちとおなじように
みつめあい

しんぞうがたかなる
しんぞうのまわりを
たくさんのみつばちが
羽音をさせて
とぶ
ひびく
ふしぎな
なつかしいかなしみ
とおく
はるか
にんげんのながい旅のかなしみであるか
ぼくたちの旧石器や新石器が
森の奥から筏にのって
やってくる
ぼくたちは
けものにおびえながら
けものとして
草原でむつびあう
ぼくたちもまた
いきもののいのちをもっていることが
そのとき
やっとわかるのかもしれない

パンの作り方

パンをこねる
パンをたたく
発酵はあわてない
しっとりやわらかな思想
のような生地になるまで
散歩をしたり
本でも読んだり
するのがいいのだが

たぶん
君は気になる
どきどきする
恋人に逢えないないのじゃないかと思い込んだと
　きのように
うろうろする
オーブンの用意はいいだろうか
パンを焼く
一気に焼く
こんがりと色づくところ
パンの香りが厨房にあふれるところ
ほどほどのところで
オーブンからとり出す
パンが逃げ出さないように
君はそっとテーブルの上に置く
君はあらゆることに満たされた者のような
ため息をついて
明け方のベッドにもぐりこむ

さよなら

〈さよならさんかく
　またきてしかく〉

さよなら
またきて
さよならまたね
さよならの「さ」はけしてくぐもらない
どんな小さな声でも
とびだせば
とどくべきところに
とどく
とどいた心に

ズキン
そういえば
さみしいも
かなしいも
とびだすと
澄みきった青空のまんなかで
いつまでも響いている
ところで
うれしいの「う」はくぐもって
ひとに
とどかないようにできている
ものなのか
いつも
あなたの掌であたためられ
だれにもわたされない
ああ
だからもう一人のぼくは
あなたのことばをうけとめそこなって
ゆすりかの柱のたつ
昏い路地を
ふりかえることをゆるされず　いつも
うしろ姿だけを目撃されて
いく

約束

ルーベンスの絵のなかでは　　路上で
強奪される処女たちと
強奪する男たちと
の
約束がある
と
いうのだが

約束のない時代に生れたら
処女たちは処女ではなく
男たちは舌を巻く
の
だろうかそれとも
男たちは強奪する力もなく
処女たちは永遠に処女でありつづけるのだろうか
年もとらない
で
美しい砂丘が鳴くように泣く
の
だろうか
人々は
けれど
ルーベンスは
貴族たちに
はいさよならと
いった
というのだが
ぼくらは
はいさよならと
約束を反古にしたとしても
また
約束の路上に赴かねばならない
と
いうことのようだ
はいさよなら

遠近法

関東ローム層の塵を吸って
鬱陶しい
というあなたは

咳こんで
ゼンソク気味と病院でいわれたの
あまえからくるって
わがままだって
わかってるの
わかっていても
とまらないの
というのだが
ああそんなにも自分を分析してはいけない
と
ぼくはこたえるのだ
夕日だからといって
多摩川の橋の上から
身投げなんかしないでおこうね
ぼくら
こんなにも広い眺めが好きなのだ
アメリカンドリームってあるけど

ジャパニーズドリームってのはあるのか
人によっては
夢を見すぎ
自分の頭に穴をあけ
指を突っ込んで
夢を引き出そうとするものもいる
自分の血管の数を
一本一本数えながらひきむしっているものもいる
のだけれど
この先は太平洋なのだし
背後には奥多摩
どこからだったかぼくらは
生還したのだった
たくさんの死が降積もるこの小さな場所に
遠い歴史の彼方からなのか
それとも
昨日の小さないさかいからなのか

わからないのだけれど
ここにこうして　いる　ぼくらの
腕は闇の中でも
たしかめあうことができるはずだから
腕を伸ばして
遠近法を学習しよう
と
ぼくはいうのであるが
咳のあい間
あなたは
もはや
あらゆるものをこばむ
うわごと
のように　いうのだ
日本に生れて
損
しちゃったかな

いやね
いや
よ
わたし
って
い
やよ
いやよ
ごめんね
ごめん
な
さ
い

ほどほどに

生きることはほどほどに
あまりがんばらず
手もぬかず
ちょうどいいゆかげんで
のんびり風呂にでもつかるように
ほどほどに
気をつけて
いかにもひとのよさそうな
男でも女でも
近付いてきたら
用心しようよ
善良な顔をしている人に注意するのは
寂しいことだけれど
下心が無いとはいえないのだし

だまされることなどどうでもいいのだが
だまされたと感じる自分がたまらないだろうから
ほどほどに
都市は
たくさんの人を
ひきうけているのだから
柔らかいのも堅いのも
いろいろいるのだ
がまんがならないにしても
余計な注文なんかはしないでおこう
まずい料理を食べさせられるのがせいぜいだ
しゃにむに食通を気取ったって
そこがしれている
無理はしないにかぎるってこと
たえまなく
なにかが
行過ぎるにせよ

今日君が生抜いてくれればそれでいいというわけ
で
ぼくはといえば
きょうもまた
食べることに恐怖を抱きながら
それでもやっぱりビタミン剤や抗生物質のたっぷ
りきいた
にわとりの肉をほおばっているってわけだ

歩行

たまには
個人的な〈明日〉を拾うことだって
ある
そんな日は
「いい人」をみつけようときめる

天気予報の娘は
きだてがよさそうだ
〈明日も〉
といってからほんのすこし間をおき
〈晴れるでしょう〉
という顔がいい
そうだ今日は晴れていたと
思いださせてくれる
から
けれど
困ったことには
娘のむこうに
自信たっぷりの
スポンサーがいる

いきつもどりつ

1　（糸）

歩いている　と
膝頭をくすぐる何か
掬い上げる　と
少女の声が
ふるえる光を放ち
「あんたなんかきらい　だぁいっきらい」
掌の中で

糸を捜す
声を記憶に綴じるために
綴じ方は和綴

ところでその糸は
宝くじ売場のおばさんが
やさしく紡いでいる　と聞いたことがある
宝くじ売場まで
そう遠くない

2　（資料館）

資料館に入る
ものみな
おだやかに
おさまる
のなら
それもいい
生きるものは
けれど
ざわめく

こころがざわめく
たてまえでざわめき
ほんねでざわめき
ざわめくこころの周囲でざわめく
生きているあいだ
ざわめきつづける
うまく生きられない
うまく生きられる
どちらにしても
配置をきめられない
　あるときはありのすさびに語らはで*
語らないこころのざわめきも
あるのだ

3　（駒場公園）

晴れのち
どうなるのか駒場公園の
昼下がりの緊張
空が危うい
局地的な天気予報を聞くのを忘れた
次の一歩を
前後左右
どこへ
どうする
歩く
とどまる
歩くにしても　とどまるにしても
空は激しく緊張している
あなたの唇や胸や腰や
その
それらの
気になる
そういうことは

いけない　不道徳　非行だ
と　むかし先生から教えられた
先生、とんでもない
空が落ちてくる

4　（ポケットに）

だれがいったのだろう
〈君たちは明日　美しくなって帰ってくる〉
と
だれであったのか思い出せない
あのときの今日
みんなみにくいアヒルの子であった
ということなのか
それとも
〈明日〉を信じきれる今日が
むかぁしむかし
あったのだったか

あるはずのない空で
あるはずのない虹が
激しく砕ける
烏羽玉の夜
〈わが祖国〉に降った色彩を
拾い集め
ポケットにしのばせて歩く
と
少年たち少女たちが
清涼飲料水の自動販売機の前で
青空を捜している

＊『古今和歌六帖』

春はめぐって

あなたがぼくに近づいてその手をひらいて見せた
　のだったか
ぼくがあなたに何かを届けたのだったか
きっかけというものが何だったのか
思い出せないのだけれど
いま
なのはなのいろ
はなだいこんのいろ
さくらのいろ
うすずみの空のした
二人は淡く濡れ
こんなにもいろとりどりに満たされている
あなたの持つたくさんの関係と
ぼくのなかの樹の瘤のようなこだわりとが
ふいに遠ざかり
初めて世界が許されたかのように
この春はめぐってきたのだ
樹木の若い血が枝を通り葉の一枚一枚に流れてい
　く
萌えるという言葉は
やはり燃えるということ
せつないほどもえるということ
枝をのばし
葉を開き
一つ傘の中で
あなたのくちびるが
閉じられた決意を開くように
微かにうごく

ミーナ

ミーナとは
アイヌ語で笑うという動詞
二人称はエミーナ
一人称はクミーナ
エミーナ
だから
クミーナ
それだけで
世界のすべてが開かれることも
ある
恋人たちよ

風は昔
鳳と書いたのだ

見えないけれど
たしかに
空を覆う翼
はばたき
夕ぐれに凪がやってくると
かぜのはばたきは
恋人の体奥から聞こえてくる

エトゥカは
はしぶとガラスのこと
カラララー　キラウー　トホテー
カラララー　キラウー　ノイェー
と鳴き
幸せをもたらすと
トゥイタ（昔話）は語る

エミーナ

そして
クミーナ
エトゥカのもたらす
風のもたらす

詩集『ことばは透明な雫になって』（二〇〇八年）抄

ボート

せわしない時間を抜け出した
つもりでいる
その日
喜びのようではあるが天には昇らない
次の日は
悲しみのようではあるが沈むこともない
そして次の次の日は
またしても時間を背負っている自分がいる

〈ああ　なんて忙しいんだ〉

砂時計の中の

砂の歴史の道のりを
計測しながら
時間というものが人の企てた課（はかりごと）であるのかもし
　れない
と疑ってみるのだが
砂をかむ

〈いったい
いつぼくはボートに乗ったのだったろう〉

たどり着きたいと願った場所に近づきつつあった
ように見えたのだが
ぼくたちはぼくたち自身の日々のたくらみに
阻まれ　疎まれ　揺られ
流砂に流される

砂時計の中を航海する　あるいは漂流する

ぼくたちのボート
孤独といわれるちきゅうとともに
はげしい船酔いに悩んでいる

橋

雨上がり
橋を歩きながら
川に架かる橋の名を
呼んでみる

大師橋
新六郷橋
多摩川大橋
ガス橋
丸子橋

新多摩川橋
二子橋
新二子橋
多摩水道橋
多摩川原橋
稲城大橋
是政橋…

川は
まだ
青空をうつせるほど
澄んではいない

ぼくは橋を行き来する
川のどちらに
あなたがいるのか
そして

ぼくはいったい
川のどちらに
住んでいるのか
次第に
はっきりしなくなっているのだが

はっきりしているのは
あなたが
いつも
そっち　にいて
ぼくは
いつも
こっち　にいて

そして
お互いに
あまり人の出ていない

雨上がりの川を
見るのが好きだということ
ぼくは橋を行き来する

川は
絶え間なく
物語を流し
ぼくは橋を渡りきることができない

ことばは透明な雫になって

不意に絡めとられる命の焔(ほむら)
こころの揺らぎ
人々の周囲で峙つ闇

しばしば
手に余るもののために
人は
自らの心の響きや問いに
応えられない
こともあるのだ

激しく打ちのめされ
全身に反響している
心のことばを
声にできず
心のことばに
応えられず

そして
物語ることをやめ

すべてを
人生論に
そして
運命論に
還元する安堵感で
固まりつつある私たちの
哀歌の軽さ

けれど
ことばはたえまなく透明な雫になって
人々それぞれの心の底の砌(みぎり)に落ち
はじけている

はじけている
そしてそこから
すこしずつ
すこしずつ

ひとつひとつの物語が
回復していく
ふたたび
みたび

かえせ

女が公衆電話の下でうずくまっているので大丈夫
ですかと尋ねるとゆっくり顔を上げあげたものか
えしてもらうというのでもらったものはありませ
んがとおれはいうが女はキッとしてコートだって
上着だって時計だってみんなあげたじゃないと大
声をだしはじめたのでおれはうろたえ恐怖を感じ
時計をはずしコートと上着を脱ぎこれで気が済む
ならと女の前に置き立ち去ろうとしたらまだ全部
じゃあないというのでおれはもういっぺんもらっ

たものはないといい見上げるとそこはもう冬の気配で星が冴え冴えして女の声が響く心をかえせあいをかえせというのだそんなものは知らないといいながらうろたえているおれがいてもらったとしてもあいなんて持ちつ持たれつおたがいさまだときっぱりいったのは心の中だけで変に木がざわついてさよならといいたくてたまらなくなりさようならと口をついてでたことば終わらぬうちにあんた卑怯者だというのだこの見知らぬ女はさらに見知らぬ女になっていき心にタール染み出したおれはひとことといいかけようとして女が受話器にむかってののしり叫んでいることに気づき上着とコートと時計をわしづかみに拾い上げ冷たい汗を背中に感じながら夜の中へ逃げ込むがすでに闇の中でケイタイ握りしめたひとびとがぶつぶつ呟きながら犇いているのだ。

今日と明日

貯金なんかあったら
今日がなくなる
と
部屋の片隅でやせ我慢の声がする

しばらくすると
その日暮らしの小屋の中に
虹がでた
虹では腹いっぱいにならなかった

ある日　見たのだ
ビル風に乗り
空をとんだが
どこへ降りるべきか

悩みつづけている
鳥人を

明日のことなんか
昨日のビッグバンがわからない以上に
わからないのだが

それでも
今日ではない　明日
ではない　あさって
ではない　しあさって
ではない　やのあさって
ではない　いつか
いつかよいことがある
　　よい世界がくる
はず
と

信じる理由は
僕のとなりで
ひたすら眠り続ける君
がいるからという
そのことだけ

起きていたとき
君は
鳥族の仲間だと
こっそりぼくに背中の羽を見せた

へこたれないぞ

受像機から
あざとく猥らな感情が
ためらいもなく

はてもなく
流しだされ

ぼくは
すこし重い
ゴブラン織りのタペストリーを羽にして
三十階の窓から
遠くへ向かって
墜ちた
とたんに
咳き込んだ

俗情といいかわす男たち
　　　　　　女たち
の
勿体ぶりや
カメラ向けの泣き笑い

が
否応なく
ぼくらの頭を押さえつけ
砂まみれにする

でも
へこたれないぞ

昨日と
今日と
明日とを綴れ織るあなたが
俗情を軽くいなし
くっきりした輪郭で
笑っている
瞬いている
そんな
さわやぎ

あふれる
動詞の
継続

下心

いちど
遊びにきて
といったから
のこのこと
雨の日に
下心を着て
やってきたのだが
それにしたって
君がにっこりと笑っているのは
菩薩の慈悲というものか

あるいは夜叉の隠れ蓑か
君の陰謀に
まんまと乗るべきか否か
考えるまもなく
ぼくの傘奪われ
靴流され
君の部屋の壁紙に
なっていた

台風

空は妖しく動いていたが
ポケットに残った小銭で電車にのる
逢いましょう
という「速達」をうけとったから

書かれた場所に着くには着いたが
はげしい風
どうする
はげしい雨
どうする

聞けば〈台風〉だというのだ
かたぎで慎重な君は
現れるはずもない
それに思い出したが
気まぐれだった

現れるにしても
現れないにしても
ここに居る
台風をしらない人間の
なけなしの選択だったのだけれど

街がしぶく
人がしぶく
掛け値なしの〈台風〉
らしい

けれど
そうなのだ
安心していい
ここには体の中をいつも通っていく
あの〈吹雪〉のような
凍死の予感は見当たらない

見当たらないのではあったが
駅は吹き上げられ
激しく水を吐いている
電車が倒立した

蓑も笠もない
新宿へ向かって
こらえきれず
やぶれかぶれ
無宿者のように
オレはとんだ

どくだみ

白い十字形の花びらのようなものは
花びら
ではない
その中央の黄色い穂状の突起が
花なのだ
つまり花びらを持たず
雄蕊と雌蕊がむき出しで
さらされて
風
さらされて
雨
さらされて
光
どくだみの夏は始まったばかりなのだが
さらされて
私はすでに
どくだみの花の中を
しぐれていく

その朝

その朝

喉笛でふるえていた鳥は
あれはクマゲラであったのか
目覚めると貧しい胸奥に潜り
痩せた心を叩く

台所で音をたてている君の肩の
ささやかな怒りからうまれる
料理は
刻まれた世界のニュースで盛られていて

朝日のさしこむ食卓で
一番虫の付きやすく　いたみやすい
夢から先に
ぼくは手をつける

叩く
くりかえし

激しく
叩く
ぼくの胸奥を
これはクマゲラのようなくちばしをした君の怒り
　であるか

なるほどトーストの焼き具合に気をとられ
ぼくはわすれていた
おはよう
と　君に挨拶するのを

ポケットの中身

小石を拾った
ポケットに入れた
犬を拾った

ポケットに入れた
シマリスと象を拾った
ポケットに入れた

南風を拾った
ポケットに入れた
ミントの葉と麦の穂を拾った
ポケットに入れた
湖を抱きしめている森を拾った
ポケットに入れた

それから
いらだちやせつなさが透けていく青空と
流れていく綿雲ひとつと
陽を吸い込んでいるふかふかの芝生と
やさしい歌と
ポケットに入れた

だから
ハンカチもティッシュも入らない
ぼくの休み時間
ポケットいっぱい

ピアノ

手が小さいと
ぼくの手に合わせたその手は
たしかにピアノ弾きのためには小さい
と思われ
でも
ぼくにピアノは弾けないわけで
ピアノでなくともぼくに何があるのか
わからないわけで

わからないままだから
とにかく
君の音はすてきだと
思わず言ってしまい
卑しさの中に沈み始めていたぼくは
まだ自分が正直なことに
驚き
そして
すこし嬉しくなって
空の青さに
とびこんで
ふりかえると
ピアノに向かう君の背中が
世界から降り注ぐ痛みに
耐えているように見え
まぶしく
かなしい

語らう

どう語らうべきか
いかに語らうべきか
「語らう」
辞典の中に見つけた意味は
〈真実・真情を打ちあけて語る〉こと

ぼくの傍らにはいま君がいて　つまりそれは
君の傍らにぼくがいるということで
それはひどく不安になることでもあるのだけれど
たえまなくあなたからそよいでくる風が
ある

たしかに
ぼくたちは決定的に違った角度から

違った視力で
ぼくたちの世界を見ている
決定的に

けれどたとえば
シャガールの絵がいい
とぼくがいい
とってもね
とあなたが応えることが
ひやひやとした関係をもたらさない以上
ぼくたちは恋人たちのように
語らっていたのだと言おう

ぼくに見えるぼくの世界と
君に見える君の世界と
二つながらを
ひとつにすることが

ひそかな
ぼくの戦略

「語らう」
古語では
「語らふ」
繰り返し繰り返し
語ること
語り続けること

詩集『さあ帰ろう　――around the corner――』（二〇一六年）抄

座布団

〈おれは幾分親切だから〉
と書いた詩人がいた

徴兵され中国へ行った
自分に課した
殺さない事を
守れた

日本に戻って
機会はあったのに
再び中国の地を踏むことは
なかった
その気になれないから
と

ひょうひょうと生きているようにみせ
酒をたらふく呑んだ
呑み続け
机に向かって一生を終えた

友だちの詩人は
形見に座布団を
もらった

二人とも
国家に
書くことを奪われ
詩を奪われ

思うことを奪われた
そして二人とも
ひょうひょうと
生きているようにみせた

それから
座布団をもらった詩人も
なくなった

座布団は
からだの重みを
引き受け
坐り続ける意志を
引き受けた
静かな思いのたけを
引き受けた

＊　二人の詩人は富士正晴と天野忠

島・燃える

刃を浴び
砲弾を浴び
火を浴びた　島々
大和の軍隊から
自決用の手榴弾を渡された　島々
燃える
池が燃え
丘が燃え
きじむなーのすむ
がじまるの木が燃え
雨が燃え
人が……

それは燃える島であり
燃やされる島であり
一枚の写真さえも
残さなかった
燃える夫・妻・子どもたち
家族　そして記憶

燃える島を
一人の女が歩いている

五十年
燃え続ける島を
女は歩き続けている
裸足で
燃える裸足で
イザイ花をにぎりしめ
東方の神々への祈りだろうか

つぶやいている
　タキぶくい　ムイぶくい
　フサティぶくい　ウンジぶくい
　ムトゥさかい　ニーむてぃ
　シマさかい　シマむてぃ*
つぶやいている

あれから島は傾いたまま

　　＊『神々の島』（平凡社）より

ブルーサルビア

街路の花壇に
サルビアと
ブルーサルビアの花を

並んで咲かせている
人通りの少ない道を
墓地に向って歩く

暑い風ばかりが
長い道をゆっくり通っていく

昨日も
乗り降りの少ない
駅のホームで
花壇一杯に花を咲かせているのを見た
そこにも
暑い風が流れていた

ペットボトルの水を墓石にかける
草を取り
墓木の枝を切る

ろうそくも
線香も
花も
ない

先祖など考えたこともない
ただ
ぼくのところまで命をつないできた
人類史……
などと
おおげさな気分に
少し　浸る

さっぱりした墓の踏み石に
腰をかける
ここからは

記憶の街が見下ろせる

さあ帰ろう　around the corner

老人バイ・ダンがサイコロを振る
バックギャモン
運だけではない
自分の才覚が必要なのだと
彼はいう

交通事故で父母を失い
記憶を失った孫を
ドイツから故郷のブルガリアへ誘う
タンデム自転車で
記憶を取り戻すために

さあ帰ろう、ペダルをこいで*

政治に翻弄されながらも
バックギャモンの人生を
したたかに生き

国家ではなく
家族と
友だちと
希望と意志と
バックギャモンとともに
深刻にならず
しかし真剣に

「救い」は
あの角を回れば
すぐそこに　ある

だから〈ひとりで〉ペダルをこいで
ということか
タンデム自転車にバイ・ダンはいない

そして孫は記憶を蘇らせ
バイ・ダンは
ブルガリアの小さな町で
昨日と同じように
仲間とともに
バックギャモンを

＊　さあ帰ろう、ペダルをこいで＝二〇〇八年のブルガリア映画の邦題（英語タイトル「The world is big and salvation lurks around the corner」　監督　ステファン・コマンダレフ〔Stephan Komandarev〕）

モノノケ

たとえば
ハローウインの夜
不意にあらわれる
のかもしれない
まるで仮装しているふりをして
ひどく陽気に紛れ込んだ
ホンモノのモノノケが

「トリック・オア・トリート」
子どもたちが
モノノケからもらった
お菓子の袋から
這い出し
子どもたちの

首にまきついた
見えない蔓が
しだいに鋭くなり強くなり
目、口、耳
柔らかい肌を
傷つけ
破りはじめ

見えない蔓が
その姿をあらわしたときには
あそこでも
ここでも
子どもたちの姿は
失われ
蔓には
からっぽの
お菓子の袋だけがぶら下がって
モノノケが嗤う
そんなふうに

無加川

川岸を歩いてみたくなった
放水路を探したかったのだ
僕の内側に向かって流れこんでいる滓のようなもの
のを
外に流し出すための
川はどこでもよかったのだが
多摩川でも
いまだ
ひそひそと噂される無加川でも

無加川
オホーツク斜面を流れるその川は
水銀で汚れていると
だから
かつて町の役所は
こっそりと近くの山に穴を掘ったのだ
飲み水がでないかと
水は
少し染みでた
掘った分の汗のようだった
ことの次第は机上の紙の上だけを滑り
無かったことになった
だから今でもその山には横穴があいていて
ひそひそと噂がにじみ出てくるのだ
川は危ないと

ぼくは鰓でたっぷり呼吸しながら
以前よりきれいになったというその「以前」の時間を
その町で生きた

ぼくの内側に流れ込んでいるのは
ぼくが外に流し出したいのは
本当は飲み込んだ分の無加川の滓

存在証明書 ——都会で——

この街の
空が晴れ上がって
どこまでも突き抜けているのは
なぜだか
うろたえてしまう

存在証明書を探して
あっちの役所
こっちの役所と
突然の青空の下を
かけずりまわる

たどりついた窓口で
印鑑を出せ　といわれ
ない　というと
ことばでこづかれ
文房具屋まで買いにいく

三文判で
ひらひらした一枚の存在証明書が手に入る
それだけのこと

いるのにいない
いないのにいる
どちらでも本当はいいのだが
三文判が
証明した俺とは
なんだろう

四つ折にされ
追い出されるように出てきた
役所の前の交差点で
噴きだす汗ぬぐい
信号に従う人波に
乗った
行き先分からず

石段のある島*

小さな島を歩き
すこし草臥れて
夏の石段に腰をかけるぼくたちの傍らを
おそらく
昨日より小さくなった
老女がひとり
静かに会釈し
ゆっくりと海に向かって降りていく

思いがけなく柔らかい石段は
おびただしい影を堆積させている

その影の上に
老女の影が積もるのを

ぼくたちは見た

ぼくは語らない
この島のことについても
ふたりのことについても

語ることで
おびただしい影の緊張が傾(なだ)れ
海に流れ込んでしまうと予感できたから

あなたの
かすかな
匂い
と思われたが
海からくる潮の匂いだったか
堆積する影の匂いだったか

島の夏
ぼくは渇き
匂いは次第に厚くぼくを包む

あなたは語らない
この島のことについても
ふたりのことについても

語ることで
黒い津波がいっきにぼくたちに襲いかかり
石段を呑み尽くすと思われたからだろうか

ぼくたちは
この石段をのぼってきたのか
それともおりてきたのか

光の破片が
烈しくぼくを
打つ

ぼくたちの影は
永遠に手をつなぎあうことなく
石段に積もる

＊　島＝江田島

ぼくの料理（調理器具）

深夜に
料理は始められる

まな板は清潔に
包丁はよく砥いで

けっして慌ててはいけない
心を落ち着かせ
なにせ「切る」ためのものだから
銃刀法が頭をよぎる

フライパンはやっぱり鉄がいい
一口だけのガス台で
まず空焼き
それから油ならし

火の扱いには注意しなくては
それにしても煙がでる
小さな狭い台所は
深い眠りについている近所に迷惑か
それでもこれは食事のための「火気」であって
「火器」ではないので
と

ひやひやしながら言い訳を考える

砥ぎたての美しい包丁で
何かを切らねばならない
けれど
この台所には
食材がない
肉も魚も野菜も
何もない
米も
忘れた　完全に忘れていた

黒光りする空っぽのフライパン

ぼくは
明け方までまだ時間のある台所で
準備した調理器具をながめる

ぼんやりと
食材を運んでくれる
誰かを待って

眠りこけている

広い校庭の片隅に切り残された
ただ一本の高くて太いポプラの木の根元で
授業を抜け出した少年が
まだ眠りこけている
授業を受けている夢をみながら
ポプラの中にゆっくり吸い込まれていく
もうひとりの　ぼくが

杜黙

有名な話だが
杜黙(ともく)は様式に合わない詩を書いただけだったとい
　われるが
心が様式からはみ出さざるを得なかったのか
ただの新奇をてらったのか
「杜撰(ずさん)」の語源にされてしまった
けれども
杜黙の詩をぼくは読んだことがない
君はどうだろう

確かに杜撰といっていいようなことが
あちこちにあらわれ
比べようもないが
本当は

杜黙以上に「杜撰」なのじゃないかと
ぼくは疑っている

ぼくは杜黙の詩を読んだことがない
きみはどうだろう

詩集未収録詩篇

かぞえうた

ひい　ふう　みい
かぞえてここのつ
となりのこ
いつのまにか
きえちゃった
かぜにながれて
きえちゃった

ひい　ふう　みい
かぞえてここのつ
もどりみち
ここ　や　なな　む

いつのまに
とおさんかあさん
きえちゃった
とおいかなたに
きえちゃった

ひい　ふう　みい
いつ　む　なな　や
ここのつ
とうとうきえちゃった
みんなみんなきえちゃった
かずをかぞえるのは
だれ

め！　1

あがりめ
さがりめ
はなよめかこめ
しろずくめ
うたひめ
まいひめ
ふしめのをとめ
こめのかいしめ
べらぼうめ
うかれめ
でたらめ
きたきりすずめ
おちめ
くいつめ

しぶきあめ
よわりめ
たたりめ
しのつくあめ
せいじのかわりめ
かねずくめ
うのめたかのめ
おおまじめ
めざめるむすめ
ねーこのめ
ゆめゆめ
ゆめみじ
酔ひもせず
め！

め！ 2

よめ
ちゃめ
ねらいめ
いろづくめ
まじめ
きまじめ
くそまじめ
「かずかずに思ひ思はず問ひがたみ身を知る雨は
降りぞまされる」*
しばあめ
むらさめ
にわかあめ
さしずめ
すしづめ

ふうじこめ
ひぜめ
みずぜめ
べらぼうめ
ゆめさめ
めざめ
はずすはめ
だめだめあきらめ
なみだあめ
かごめかごめ
うしろのしょうめんに
あなた

＊　在原業平『伊勢物語』より

ひとごみ

ああここはいつも祭りのにぎわい
で
人混みだらけ
人ごみだらけ
人、ゴミだらけ

ゴミにはゴミの了見があらあ
という啖呵をきるほどの
威勢は
とうの昔に燃え尽きた

ここでは記憶によりそえない
排気口から吹き上がってくる
ぬれ雑巾のような今日が

あるばかり

ひとごみのなかの
ごみのひとつの
おれは
へらへらと舞い上がる

生きてんの
かな　おれ

りんご

ポケットの中に
りんごをつっこみ
青空を探して歩いた

排気ガスの充満する街で
それは見えるはずもなく
途方に暮れ
目を凝らす

物陰で
たくさんの人々が何かをあさる
かれらもまたかつては
耳をそばだて
おびえる兎であった

けれど　だれもが
とある夜
鏡の前で
こっそりと肉食獣の毛皮を着
爪と牙を磨いた

兎が兎を喰うというのは
本当なのか

ふいに現れた狭い青空の下
ポケットから取り出して
りんごを齧る

兎を食べたことは
まだ
ないはずだ　が

肉屋のおやじが
にやりと笑った

午後のお茶

春の日差しを和らげるような薄い雲がかかる空の
下
ぼくたちは
午後のお茶を飲みながら
ほっそりとした
明日を語り逢うのだが
語り逢うといつも
希望がない話になるのではあった
今日の話をしようにも
今日という日がどこにあるのか
いささか不安になり
口ごもるのだ
ならば
昨日は

何を着て行ったらいいのかわからないような
寒さと暑さで混乱した事のほかに
語るべき何もなかった
ただじっと
ぼくらは
待つのだ
発表されるときには「時すでに遅し」の
政府公報を
まるでアニメの「風が吹くとき」の
老夫婦のように
待つことのいさかいが
生きることであるかのような
与えられた錯誤のなかを
じっと
なぜか空っぽの茶碗を握って

風はどっちから

風はどっちから吹いている

アリューシャンからか
バイカルからか
アムール川を通ってか
それとも
アデンからか

今日は
窓を開け放つのはやめよう
気象通報が聞き取れなかった
閉じて
しっかりと
だからといって

家のあちこちのすき間から
雪だったり
霙だったり
それが防げるわけでもないのだが

風はどっちから吹いている

いまのうちに
煙突を外して
煙突掃除だ
それがきみの仕事
黒い煤にまみれるのが

それにしても
あちらこちらの煙突から火の粉が噴き出している
　のに
誰もが自分の家の柾屋根を気にしないような振り
　をして
襟の中に顔をうずめながら暮しているのは
なぜだ

風はどっちから吹いている

煙突掃除からもどったきみの
狭い机の上の
アデンから

夕暮れになる

風景をことばに移そうとする
ぼくは視界がうすれ貧血状態になる

音楽をことばに移そうとする

ぼくは音符に流されている

画をことばに移そうとする
ぼくは画材に分解されている

きみをことばに移そうとする
ぼくはきみを失う

ぼくをことばに移そうとする
ぼくは世界の端で迷子になる

それでもことばに移そうとする

そうやって
夕暮れになる

あしたまたね

誰もいなくなった砂場から声が聴こえた

草の匂いのする牛乳

確か
森の向こうに
牛飼いの家があり
真赤になった鋳鉄の石炭ストーブの部屋で
吹雪の中で道を失ったぼくは
あちこち継ぎ当てをした外套を着たままの
無口な牛飼いの農夫から
搾りたての牛乳を飲ませてもらった
それは草の匂いがした

その牛飼いの家も牛舎も記憶に綴じられる

失われた近景
ゆっくりずり落ちている遠景
森が縮んでいること
山が低くなっていること
だからどうだというのだ

そこでは
生きるための
ことばを持たねばならない
身過ぎ世過ぎ
ことばを棄てなくてはいけない
すこしばかりの庭の花々に語りかけられることば
　だけで
永いセイカツの年月を
過すのだ

どうにもこうにも疑心暗鬼
ヒトリポッチという物の怪がとりつく
しかし
だからどうだというのだ

あの草の匂いのする牛乳を
いまのぼくは飲み下せるのだろうか

嘘の森

雪が降り積もって
見えなくなりかけた道を
あるいている
家並みがとぎれ
さらに小一時間ほどいくと
森が見えてくる

かつて
あの森に
ぼくのウソが隠れ込んだのだった
その時　ぼくはとめなかった

たえまなく色の変わる森の中で
擬態と保護色で身を守り
カラマツやブナの落葉を食べ
雪を喉で溶かし
ぼくのウソは生き続けた
ぼくが生き続けた時間とともに
育ち続けた

ただ
この森に隠れたのは
ぼくのウソだけではない
きみのウソも

いや
ほかの沢山の人たちのウソも隠れ込んでいる
ぼくのウソがそれらのウソを呼び寄せているのだ

もう後戻りできないぼくのウソとだれかのウソが
まるで裏切り合い憎しみ合う仲間のように
互いに下腹に脂肪をつけ
白樺の枝でたたき合い
通じ合わない呪文を唱えながら
今日も森の中で
蠢き続けている

森の入り口に抛り出された
冬用の古いゴム長靴の中で
ぼくのひくついていた脚は
動きをやめ
劣化し

縮み
凍てつく

台所には

台所には青空があって
すこしばかり前向きもある
けれども
予報では冷たい雲が地を這ってやってくるという
から
いまこの青空を信じてはいけない

火加減がいいかどうかはわからない
とりあえず青空があるうちに
調理しなくては
うまくいけば
冷たい雲が避けられる

ときどき台所の中で方位を失うのは
レシピを読みたがるせいだ

やっかいなのはこんな予報日に限って
雲の中にトドがいるかもしれないってことだ
でかい図体で台所を占領し
シンクに跳びこもうとするから
レシピどおりにはいかない

火に任せて一気に
そうすれば
もうすぐこの皿に
寒さしのぎの
ことばが盛られる

夕焼けのこびりついた鍋の話

料理をしていたとき
風景や顔やらが脈絡もなく鍋から噴きあがり
あっという間に
鍋からぼくの時の流れが蒸発した
鍋の中で
風景が煮出されすぎてひどく焦げ臭い
鍋の底にはいろいろな夕焼けがこびりついていた
　が
もう何時の夕焼けなのかはわからなかった

すると
居間に
といっても台所とつながっている空間にすぎない
　のだが
何時からいたのか
眼鏡をかけたトドが
固まっているぼくを見て笑った

トドの額には傷跡があり
まだすこし血がにじんでいたが
それはぼくの付けた傷だったのかもしれず
北の海の痩せたのをトドのせいにしたい駆除名目
　の猟銃や
〈仮想敵〉のための訓練戦闘機の機銃
の標的にされ
かろうじて逃れたときの
射創だったのかもしれなかった

夕焼けのこびりついた鍋を洗っていると
北の海が溢れてきた
海の色はとんでもなく

つめたくさびしい色をしていた

さっきまで笑っていたトドの目はもう
ぼくを見てはいなかった
その視線の先には
夕焼けた鍋があり
そして
まだ失われていない微かな時の流れがあるようだ
った

ケシ

ケシはアイヌ語で端を意味する
そしてそれは果てでもあった

ヌプンケシ　野の端　野の――果て

かれらはそこをそう名付けた
そしてそのケシを咥えてぼくは産まれた

サイロのそばで　ぼくはやわらかなチモシーを食
み
眩しい白樺の林の中を歩きまわり
板屋根の下で　牛にはなれなかったが　少しずつ
育った

それからしばらくして汽笛に誘われ　キスリング
を背負った
継ぎはぎのズボンのポケットに
継ぎはぎの思いと継ぎはぎのことばを入れ――深
夜そっと
人柱の常紋トンネルを潜りぬける――それが旅の
始まり

ケシを咥えていたので旅の先々で人々の怪訝がか
　らみついた
――のではあったが
いつの間にか　キスリングは背中から消えた
けれどまだケシを咥え――ぼくのもうひとつの果
　てへ

か

かわうそがある朝　かんがえた
がっこうにいかず　かんがえた
かくれんぼを　かんがえた

かばはともだち
かっこいいかくれが

かばのくちに
かわうそかくれた
かんじゃだめだよ
かわうそがねんをおす

かみなりなって
がまんできず
かばがくちをとじる

かわがらすがそれをみて　かんだかく
かんだ　かんだ
かばがかわうそかんだ
がぶりとかんだ
かしがましくふれまわる

かんちがいにもほどがある
かばのくらいくちのなかで

かわうそちょっぴりゆめのなか
かしきりのかくれが
かぷせる　みたい
かいかん　かいかん

かばががばっとくちをあける
かわかみから
かんかんとかねのねがながれてくる
かわうそがおもいだす
がっこうにいかなくちゃ
かばんはどこ

かばはかわのなかに
からだをしずめてかんがえる
かわうそのがっこうってどんなとこ
からさわぎのかわがらす　どこかへいって

がっきのおとが　かわもをながれている

秋の風

どういうわけか
人柄が見えてしまう
と君はいう

下心のある人には
近づかない
嫌いだから

すぐに上下関係をつけたがる人にも
近づかない
疲れるから

情だ情だと声高にいう人にも
近づかない
結局その人には情がないから

秋の風が吹き
夏の攻撃的な緑が去り
ひとまず落ち着きを得たある日の午後
一人
少しうつむきながら歩く君を
萩の花が見ている

きみは
やがて
秋の風をゆっくりと呼吸する

倒木する

語らなくなった古木
昨日までは
饒舌な夕やけのたたずまいをもっていたというの
　だが
未来という時間の厚い壁に
阻まれ
ついに
倒木する

森をこぐ　オールをこぐ
進む方向を注視するためには
体を一八〇度ひねらなくてはならない
後ろ向きになるってことなんだが
後ろが前で

前が後ろで
さて本当のところ進んでいる方向は前なのか後ろ
　なのか

堆積する腐葉土の表面から
あっという間に消えていくボートの航跡
さっき倒れたばかりの古木
錯覚でなければすでに倒木更新は始まっている

引きずりだすことも
その中へはいることもできない
未来という時間が　圧倒してくる
不要な舵輪を捨ててきたぼくは
いつだって倒木の準備をしている

森を覆う空が語りかけてくる
88歳の可愛いアニエス・ヴァルダは　ついに
ジャン・リュック・ゴダールに会えなかったんだ
そう　そしてぼくは
だからといってオールを捨てる気にはなれない

オホーツク人

流氷が鳴きながら接岸すると
オホーツク沿岸は　すっかり
海と陸との境界を見せなくなる

全長四千三百キロを越えるアムール河口から
吐き出された氷塊をライフボートにしたのは
むろん　海豹たちばかりではない
キタキツネもオジロワシも

〈海は森だった〉

そしてもしかすると　微かに体温を残し
誰にも手をふらず
行方知れずになったオホーツク人たちも

〈海は意志している〉

国境のない遠い時間の
氷塊に綴られた記憶　光る

オホーツク人たちの失踪届はまだでていない

陽気に歩け

一円札がストーブの薪がわりにつかわれたという
　裏話が
法螺ではなく
この町の実話として
夢よもう一度のような気分で
酒場から酒の匂いを引っ提げて
表話として
小学校に届けられる

そこでぼくたちは昔の夢をみるために
でかけるはめになった

細い山道を歩き続けて
並んで列を開けずに
イタドリの葉を噛む
シロツメクサはミツバチが吸い
アカツメクサはぼくたちが吸う
ぼくたちは陽気だ
空も陽気だ

道も陽気だ
夏は二週間しかない
急げ
短い夏の下で汗はすぐに乾き
シャツは白い塩を作る
額にも塩だ

急げ
ぼくたちの日照時間だ
シマリスに気を取られるな
エゾリスを見上げるな
鹿の目に飛び込むな
青大将の色に染まるな
熊のために陽気に歩け

辿り着くと
景色の消えかけている薄荷畑と
朽ち傾きかけた小さな蒸留小屋
先生がやけに力を入れて話す
「歴史的なもの」なんだ
いけないことだが
一円札が燃えたのだ
一円札は薪なのだ
大儲けしたのだ
面白いだろう

片道十キロの道のり
一円札はぼくらにとって一円玉でしかなく
しんとしているぼくら横で
ウサギが跳んだ
気落ちしていたぼくらの頭の中で
「歴史的なもの」ではなく
鮮明に
何匹ものウサギが飛び跳ねる

だれかが叫ぶ
巣穴を探せ

列は崩れ
「歴史」も瞬く間に崩れる
先生も崩れる
草むらが揺れる
夏は短いのだ

帰りの十キロ
ウサギが見つかっても見つからなくても
ぼくらの日照時間を
陽気に歩け
今夜の夢は
高く飛び跳ねて走っている白いウサギだ

アドルフ

例えばある日
姿の見えない蚊が教室を飛びまわる
小さな　しかし事件ではあるのだ
子供たちは
刺された手足を掻きむしりながら
教科書から飛び出してくる羽音に怯え
血のにじんでいる痒い沈黙を
強いられる

黒板の文字が見えない座席があるってことを
教師が気づかないとしたら
そしてずっとその席に
張り付けられたままの子供がいるとしたら

沈黙は金
言わぬが花　知らぬが仏
なるほどぼくらの逃げ口上
なすがまま　されるがまま

見えない蚊について語ってけいけない
出していい声は　予め用意されている
君はそれをしっかりとなぞればいい
家族を大切にする生活人
すこし上昇志向の強いまじめな仕事人間
我慢してそんな人になるんだ　君たちは

育成されるぼくら　いやぼくの中のもう一人のア
　ドルフ…
アドルフ・アイヒマン

慌ててことばを手放しそうになりながら

逃げどころのない教室の波打ち際で
見えない蚊に刺され膨れ上がる「ブス色」の唇が
我慢を呼吸する

　掻きむしった痛みで
　痒さは忘れられる

そんなはずはない　痛みと痒さは別物
永すぎるその場しのぎ
「またお会いできるでしょう」
と　刑場に向かうアドルフは言った
子供たちの待っているのは命令か
自分たちの裏返らない声か

せせらぎさがし

坂を下りきると
せせらぎがあったね
小さな魚たちが泳いでいたね
ぼくたちの脚も泳いでいたね
水草が揺れ
ぼくたちが揺れ
坂を下りると
あのとき
町にはせせらぎがあったね
ずいぶん前から街は渇いているね
魚たちどこへいったのかな
昨日見たような気がするけれど
あれは自転車にのって出かけようとする君だった
のかな

どこへいくのと聞いたとき
ニヤッと笑って小魚になって
何にも言わなかった
「あのとき」だから昔のことだね
大昔なのかな
ぼくは誰にでも
どこにいくのと聞いた
聞くとみんな小魚になるんだ
誰も何も答えないから
聞いても意味がなかったんだけど
せせらぎに行くっていってもらいたかったのかな
ぼくにはそれがどこだかわからなくなったから
でも
たしかにせせらぎの匂いがするんだ
どこだろうね
見えないね
聴こえないね

自転車に乗って
坂を下って
もっと下って

評論

茨木のり子の詩

手渡されたことば ――「汲む」

茨木のり子詩集『鎮魂歌』の中に「汲む」という詩がある。

汲む

Y・Yに――

大人になるというのは
すれっからしになることだと
思い込んでいた少女の頃
立居振舞の美しい
発音の正確な
素敵な女のひとと会いました
そのひとは私の背のびを見すかしたように
なにげない話に言いました

初々しさが大切なの
人に対しても世の中に対しても
人を人と思わなくなったとき
堕落が始るのね　堕ちてゆくのを
隠そうとしても　隠せなくなった人を何人も見ました

私はどきんとし
そして深く悟りました

大人になってもどぎまぎしたっていいんだな
ぎこちない挨拶　醜く赤くなる
失語症　なめらかでないしぐさ
子供の悪態にさえ傷ついてしまう

頼りない生牡蠣のような感受性
それらを鍛える必要は少しもなかったのだな
年老いても咲きたての薔薇　柔らかく
外にむかってひらかれるのこそ難しい
あらゆる仕事
すべてのいい仕事の核には
震える弱いアンテナが隠されている　きっと……
わたくしもかつてのあの人と同じくらいの年にな
　りました
たちかえり
今もときどきその意味を
ひっそり汲むことがあるのです

詩はやさしいことばづかいで紡がれており難しいことばはどこにも使われていない。そもそも詩人としての出発の時点から、茨木のり子の詩には難解といわれるようなことばづかいは見られない。もちろん心情的な世界を描くときそれは私的な領域の詩語としてあらわれるのだから、読み手には茨木の使ったことばのイメージがすっと入ってこない場合もあるだろうが、それにしても他の詩人たちに比べて、それは難解というほどのものではない。誰もが手の届く範囲のことばが並んでいるといってよいだろう。しかし、いったんその詩の世界に入ると、表面的にはやわらかいことばの向こうに、しっかりと屹立している詩人の意志的な姿があり、読み手はフレーズごと、一語ごとに立ち止まり、そこにあらわされた世界に向き合い、考えさせられることになるのである。

　この「汲む」が発表されたのは一九六二年一月、茨木のり子三十五歳のとき。この詩の副題にあるY・Yが、新劇女優の山本安英だということは、後に、作者からの解説もあり、いまではよく知られている。

　詩の中で、詩人は山本安英のことばに触発されて、自分の立ち位置やその姿勢を見詰め直そうとしている。どこかで自分がぶれたから、という訳ではない。ぶれたのは時代の方だった。茨木の詩人としての姿勢、方向性は、むしろすぐれた一貫性をしめしている。しかし「汲む」は、その姿勢の始まりの地点を確認することで、より確かな意志的な世界へと自分を赴かせようとしているようだ。

　山本安英と知り合ったのは戦後まもなく（一九四七年頃）のことだったという。だから茨木のり子はまだ二十歳をすぎたばかり。山本安英は、一九〇二年十月二十九日（ただし生前に公表していたのは一九〇六年十二月二十九日）の生れだから四十歳をすぎていた。二人の間には二十歳以上の年齢差がある。出会いの時にはもちろん詩人としてのペンネーム「茨木」も使われていない。茨木は一九四九年二十三歳で医師三浦安信と結婚するので、山本とのこの出会いは、旧姓の宮崎から三浦にかわる少し前になる。

　その時、茨木のり子は詩人としてではなく、戯曲を書く劇作家の卵として山本安英と出会っている。

　二人はその出会いについてそれぞれ記しているので、まず茨木の側からの山本安英像を見てみよう。これは「山本安英の花」（一九七五年）と題されたエッセイで、「汲む」が発表されたあとに書かれている。

> 戦後の昭和二十二年頃、当時戯曲を書こうとしていた私は、不思議な御縁で山本さんにめぐりあうことができた。この出会いは私の人生において決定的なものだったと、今にして思う。（略）敗戦直後のこととて、頭は千々に乱れ、何が価値あるものなのかわからなくなり、そして大人全体を軽蔑し切っていた

　こうした感情は「汲む」の冒頭にも〈大人になるというのは／すれっからしになることだと／思い込んでいた少女の頃〉と書き込まれている。

　敗戦後の混乱する社会と価値観を見失った自分自身への尖った感情を抱きかかえながら、山本に会いに行ったのである。その出会いの中で、詩に書き込まれた〈初々しさが大切…〉という山本のことばに、〈大変な衝撃〉を受ける。そして受けとめたそのままのことばが、〈十

数年を経て〉この「汲む」という詩の中にとりこまれた。

茨木は、山本安英について、さらに、戦時中も〈新劇女優としても女としても、遂に時流に押し流されることのなかった人としても特筆に値〉する、と語っている。これは誇張でもなんでもなく、山本はその通り戦前戦中の弾圧の中、抵抗的な生き方をしてきた稀有な新劇人だった。また茨木は、山本の過去のどの時代にも〈協力をおしまなかったすぐれた男性たちが〉おり、〈悪名高き日本男性さえ、山本さんには思わず知らず手をさしのべ、共闘し、支援させ続けることになったその源は何なのか?〉と憧憬の念を抱きながら、問題提起している。

山本安英の側から茨木については、〈つねに何かを求めている、茨木のり子さんにお会いするたびに、いつもそう感じます〉と書き出された「茨木のり子さんのこと」の中で、その出会いのころが振り返られている。

戯曲を書きたいという意志をしっかり抱いたかたい蕾という風情がありました。たしか紫の大きなリボンで髪をまとめていられた。宝塚の男役になられたら一世を風靡すると思うような、息をのむほどの美しさでした。端麗というのでしょうか、ひたむきに求めるこころが表情にあらわれていて、そういう深いところからくる美しさは、いま、茨木さんのなかでますます磨き上げられているように思います。

山本の「茨木のり子さんのこと」は、花神ブックス『茨木のり子』(一九八五年)からの引用だが、これ以前にどこかに書いたものを掲載したとは書かれていないので、おそらくこの本に合わせて書かれたのだろう。そうでないとしても、内容から考えて、少なくともこの時からそう昔に書かれたものではないと思われるので、四十年近く前の記憶を甦らせていることになる。山本が、いかに記憶力がよいにしても、このように具体的に描かれたのは茨木から受けた印象がよほど強かったからだろう。

茨木のエッセイ「はたちが敗戦」（一九七六年）にも二人の出会いの経緯がでてくる。それによると、一九四六年の読売新聞戯曲第一回募集に応募し選外佳作となった茨木のもとへ山本が「一度会いたい」と手紙をだし、それに応えるように、茨木は山本のところへ出向く。それが交誼の始まりだった。その後、年齢差を越えて、山本が亡くなる（一九九三年）までのおよそ四十五年に亘る長く親しい関係に発展していったのは、両者が互いの人格を敬意をもって認め合ったからにほかならない。「はたちが敗戦」ではつぎのように語られている。

> まだ「夕鶴」が生まれる前の山本さんにお目にかかり、それからずっとおつきあいが続いているが「女の生きかた」の一番大事なところを、私は山本さんから学び吸収しようとしてきたような気がする。

詩人が意識して詩を書き始めるその前の時期に、いわゆる詩人以外のどのような人々とかかわりを持ったかということは、ないがしろにできない。少なくとも茨木にとっては、そののち詩を紡ぎだすためのことばの大切な骨格、背景となっていった。その向き合った相手の生き方、ものの見方、感じ方、考え方、そして彼や彼女が体感した時代や社会のことなど、それらを知ることは、若い人の感性に強く働きかけ、自分の生き方の方向を決める一つの指標となることもある。この、向かい合う人と人の交わりの経験が、人格の基底部を形成するといってもよいだろう。どんな詩人であれ、詩人として生まれたわけではないのだから、まず生きるためのことばを学ぶ。新劇女優山本安英というすぐれた表現者との出会いは、詩人として出発する前の茨木のり子にとって、ことばを学ぶという意味でも幸せなことだった。

茨木は「はたちが敗戦」の中で、敗戦直後の青春時代を振り返り、

> けれどその若さは誰からも一顧だに与えられず、

みんな生きるか飢死するかの土壇場で、自分のことにせい一杯なのだった

と書いた。

その敗戦直後の刺々しい時代の雰囲気の中で、山本安英と出会った。もちろん戯曲を書きたい、表現者になりたいという欲求、目的がなければこの出会いはなかっただろう。しかし、たまたまその出会いが新劇女優の山本安英であったことが、茨木の戦後の生き方を決定づけるほどの意味をもっていたというのは興味深い。もちろん山本だけが茨木に影響を与えたわけではないことは前提である。

しかしこういうことは言えるだろう。重複的な言い回しになるが、茨木のり子は詩人たちの中で自分の詩のことばを育てていったわけではなかった。むしろ詩人たちとの関係が始まる以前のところで、のちに詩として結晶化する「生きるための」ことばを貪欲に探し求め、その若々しく柔らかい感性の中に吸収し、育んでいった。そのさなか、山本から発せられた〈どきん〉することばに出会ったのだ。

ちなみに、詩を書きたい、と思ったのは、一九五〇年ころで、結婚後のこと、と「「櫂」小史」(『茨木のり子詩集』一九六九年)にはある。そしてまたそこには〈師を探す気持はさらさらなく、仲間もなく、ただ自分一人でこつこつ書いていこうと思っていた〉とも書かれている。

新奇を衒う人々はすぐそばにあった大切なことばを忘れる。というよりも気づかない。ことばを聞いても〈どきん〉ともしないのかもしれない。あるいは、こういう山本の発信するような言葉にはつねに無視を決め込むのが知的であるかのようなふるまいを見せる。けれど、茨木は考える。誰のどのようなことばを引き継ぎ、そしてどのように自分が受けとめ、いまを生きる人々に手渡していくか、それが自分の表現者(詩人)としての責務だ、と。

どんなにすぐれたことばであっても、受け手がいなければ、仮死状態で埋もれてしまう。そうさせないために

は、誰かが継承し、手渡さなくてはならない。その努力でことばは本来の人々のことばとしての力を回復していく。
「汲む」の中には山本のことばを受けた形で、次のようなことばが並ぶ。

大人になってもどぎまぎしたっていいんだな
ぎこちない挨拶　醜く赤くなる
失語症　なめらかでないしぐさ
子供の悪態にさえ傷ついてしまう
頼りない生牡蠣のような感受性
それらを鍛える必要は少しもなかったのだな

私事だが、こういう表現に生活者であるぼくは励まされた。茨木のり子の詩は読み手を限定しない。端からいわゆる「詩人受け」するような詩を作ろうとはしていないのだ。といってこれは決して俗受けするような表現ではない。またそれを狙ったりもしていない。自分にとって何が大事かをまっすぐにみつめることばを探し出しているのだ。だからこそぼくのような生活者として右往左往する人間にもそのことばが伝わってきた。
「山本安英の花」にはこの詩の読み手について語られている箇所がある。

「汲む」という詩は、今の若い人にもすっと入っていくようで、この詩に触れた高校生からの手紙を貰ったりすると、時代は代っても青春時代の感覚には幾つかの共通点があるのだなと思う。こんなふうに、他者から他者へとひそやかに、しかし或る確かさをもって引きつがれていくものがある。こういう道すじは、なんと名づけたらいいものなのだろう。

若い読者からの手紙に対しての清爽感が漂う感想となっている。詩人が差し出したことばが、相手に届いている、届けられたという静かな喜びが表現されているといえるだろう。

茨木の詩の世界はけっして観念的ではない、そこには柔らかな感受性に支えられた意志的な世界が広がっている。そしてその茨木のことばの力が読み手の視界を広げてくれる。

「汲む」は〈今もときどきその意味を／ひっそり汲むことがあるのです〉と締めくくられる。時代に迎合せずに生きた山本の凜とした「ことば」の河から、茨木が、自身の渇きを癒すためにそっと汲みあげ心を潤す、そんなひたむきともいえる姿が浮かび上がる（ついでなので呟かせてもらうと、あえて使うことにした「ひたむき」というようなことばも、今日的な詩人たちからはきっとけむたがられるのだろうなと思う）。

日本の詩人たちの中で、こうした意志的なことばの世界を示してくれる詩人は少ない。戦後の葛藤、混乱の中から、新しいことばが新しい感性とともに誕生し、日本の文化の中に差し出された。ぼくは茨木の詩にはじめて接したとき、日本の詩はやっと「ぱくたち」のそばにきた、という思いがした。しかし、それがいま、また「ぼくたち」から離れて行く傾向にあるのかもしれない。

「汲む」から離れるが、教科書によく取り上げられる「六月」（『見えない配達夫』一九五八・一一、所収）という詩がある。

どこかに美しい村はないか
一日の仕事の終わりには一杯の黒麦酒
鍬を立てかけ　籠を置き
男も女も大きなジョッキをかたむける

どこかに美しい街はないか
食べられる実をつけた街路樹が
どこまでも続き　すみれいろした夕暮は
若者のやさしいさざめきで満ち満ちる

どこかに美しい人と人の力はないか
同じ時代をともに生きる
したしさとおかしさとそうして怒りが

鋭い力となって　たちあらわれる

（「六月」全部）

この詩で茨木が、この国ではありえないような〈美しい村〉、〈街〉、〈人々〉を希求するのは、五〇年代末の逆行していく国家と封建意識の拭えない人びとへの異議を表明したかったから、と読むことができる。が、あえていえば、それは「政治」や「芸術」の向こうになにがあるのかを考えるからではなかったか。「政治」主義であれ「芸術」主義であれ、それぞれが主張するその底意にはもしかすると、人びとを見下し、侮蔑するニヒリズムがあるのではないか。茨木はその匂いを嗅ぎ分けることができた詩人だった。

日々の生活をいとおしむ。これは大切なことだ。しかしそれは人々が生活の中に埋没し、生活の奴隷になることを意味してはいない。この詩では、生活者のそれぞれが自立した人格を持ち、共鳴し合いながら、支配したりされたりしない〈美し〉さが求められている。茨木の衒いのない直截的な願いが、ここにある。

「六月」は、詩人も含め、日本の文化人と言われる人たちの中に根深く入り込んでいる――それは圧倒的な、と形容してもよい――ニヒリズムに対して、生活する表現者としての立場から、それを拒否、否定する姿勢を明らかにしたものだったとぼくには思われてならない。そしてそこに表わされた茨木の姿勢はその最期まで変わらなかった。

「はたちが敗戦」の終わりで、茨木は「自由」について、〈なんということはない「寂寥だけが道づれ」の日々が自由ということだった〉と書いた。

茨木は人間関係には恵まれていた。周囲には詩人たち以外に、茨木の仕事に対しての多くの理解者がいた。ただ、この「はたちが敗戦」を書く前年の一九七五年に、彼女の仕事への最もよき理解者であった夫を喪っている。この一節は、その私的な事情も影響してなのだろうか、孤独感・孤立感が強い。しかしまた表現者としてひとりで歩むことを意志したものにもなっている。単独者としての覚悟と言うべきか。この「寂寥だけが道づれ」ということばは「自由」とセットになっていることを忘れてはならない。それは「自由」についての苦く厳しい認識であり、決意ともいえるものだった。

茨木はどのような組織にも属さず、どのようなイデオロギーにも与せず、ひとり、人間として、生活をないがしろにしない表現者として、〈震える弱いアンテナ〉で感知できるすべてを感知し、そしてそれを発信し続けた。

それが、茨木のしなやかで透徹した強さだった。

（「詩的現代」37号　二〇一八年十二月）

立原道造と『未成年』

立原道造が亡くなった時、『未成年』の仲間の中で最も激しくその悼みを外に表したのは、絶縁状態だった寺田透ではなかったかと思う。その寺田の立原の葬式の日の思い出を描いた中に、「某氏」についての次のような記述がある。

某氏というのは有名な国文学者の息子で、其の頃京都の学校のドイツ語かドイツ文学かの教師をしていた日本浪曼派のエッセイストだった。杉浦（明平＝引用者）が早くからそのひとの名を片仮名に書きなおして濁点のつけ場所を変えてひどい嘲罵を放っていたのは、古い「帝大新聞」の読者ならしっていようが、その日は、紺サージの春外套を着たかれが、立原の家の前を、わがもの顔に闊歩していたのが、僕の気に触っていた。

「人が死んだというのに何だ、ビフテキみないな面しやがって。偉そうに歩きまわって。」というのが、今でも覚えている自分のセリフである。

（「立原・思い出すことあれこれ」『北窓の眺め』一九七二）

どうして寺田がこういう振る舞いに出たのか。

われわれは立原が次第に日本浪曼派に近づいてゆくのを、少し眉を顰めて見ていたのである。われわれ、しかしそれはその当時両三年来「絶交」状態にあった僕と立原のあいだの関係で、杉浦や猪野はもっと違った態度で立原と付き合っていたのかもしれない。

（「立原・思い出すことあれこれ」『北窓の眺め』）

某氏と匿名にしているのは寺田の見識かとも思うが、杉浦などは某氏を実名で書いており、また周知のことでもあると思うので明らかにしておくと、これは芳賀檀のことである。『コギト』（一九三二年（昭和七）三月～四四年（昭和十九年）九月）に関心のあった立原は芳賀などを通して、『日本浪曼派』の思想に接近していくことになったのだった。立原を考える際に押さえておかねばならない人間である。

ところで、立原が参加した『四季』の中心にいた堀辰雄は『四季』についていわゆる日本浪曼派への入り口などとは考えてはいなかっただろう。しかしそこに集まってきた人間たちの中には、すでに『コギト』に関わっている芳賀檀や保田與重郎のようなドイツローマン派の民族主義な部分を日本へ輸入し日本の文化に張り付けた復古主義、死へ向かうナショナリズムを鼓舞していくようなファシスト文学者たちが少なからずいた。堀辰雄の存在もあって『四季』はかろうじて「文学」に踏みとどまることができたと思うが、芳賀や保田たちは『四季』

に足をかけつつその外で、『コギト』『日本浪曼派』という文学的な装いをさせた国粋思想喧伝のための雑誌をもっていたのであり、若い立原はここに誘い込まれていった。これらの人間たちとのつながりが戦後『四季』の評価を貶めることになる。

確かに雑誌『四季』の「芸術主義」という方向はぶれなかったとは言えるのかもしれない。少なくともすでに中野重治や窪川鶴次郎たちが同人であったあの『驢馬』を経験している堀自身は、政治的な思想と一線を画すすべを心得ており、孤高とも言える文学活動を続けていた。しかしことは堀の問題ではなく、ファシズム体制内にあって芸術主義をとるその純粋さゆえに「文学」の装いをこらした芳賀や保田たちに踏みこむ口実を与え、付け入られたのだった。ファシズム時代の寵児として保田や芳賀たちの扇動的な観念論を吐き散らす『四季』の外でのその興奮した振る舞いは、充分政治的であり、その思想はこの時代にさらされて生きなくてはならない人々、ことに「時代」から生死を突き付けられている若者たちの感情にはきわめて説得的に見え、彼らを惹きつけたに違いない。言うまでもないことだが反体制的思想への弾圧は熾烈であった。

立原が亡くなったのは、二十六歳と書かれることが多い。ただ気をつけたほうが良いと思うのは、これは数えの年齢だということだ。一九一四年（大正三年）七月三十日に生まれ、一九三九年（昭和十四年）三月二十九日に結核で亡くなっているのだから、そのとき満年齢では二十四歳と八か月だった。彼の詩を含めた文学活動はその年齢までの仕事なのだということを、芳賀たちとの関係を考える際にも、ぼくたちは認識しておくべきだろうと思う。

もちろん彼が芳賀檀や保田與重郎に近づいた事実は動かしがたい。しかし、それは自分の中に育ったリリシズムを必死で守ろうとする自己肯定的な感情を満たすための機能、装置としての論理を外部に求めるという、誰にもありがちな、言ってみれば純粋性からに他ならなかったのではないか、というのは立原を擁護しすぎるだろうか。ただ、いまのぼくには、ぼくたちがファシストの芳賀や保田に向き合う否定的姿勢そのままを、彼らに痛ましく引きずられていった若い立原に向けるというのはすこし酷なのではないか、と思うところがある。むしろ立原のような知的だが感性的な若い詩人（たち）が、このファシズムの「時代」に自由な思考の手足を奪われ、感情的に浪漫派的思想に取り込まれていった、そのことの経緯をみておくべきなのではないだろうか。

立原の思考はいわゆる社会性、論理性というものに遠く、自分の感性の枠組みの内側にとどまる。立原はそうした自分の思考の性格はわかっていた。自分ではうまく論理化できない自己の文学感性を外から持ち上げ、論理的にも証明してくれそうだ思われたのが――仮にそれが屁理屈であったにしても自己肯定感は満たされ昂揚する――芳賀檀に接近する理由だったのだろう。またそういう立原の純粋さに芳賀の方も接近した、もっと言えばそこにつけこんだとも言える。後で触れることになるが、同人誌『未成年』途絶の翌年の立原の芳賀への書簡（一九三八年一月下旬〈推定〉芳賀檀宛」）を、読む限りでは、相手が年上という年齢的なこともあってか、どこか儀礼的であり、背伸びし、甘えの素振りも見えていて、芳賀の優位性が目立つだけで、どうしても無理をしているように読めるのだ。文学以外のところでの心理的な支配と被支配という関係が成立していたと考えてみる必要があるのかもしれない。付け加えておけば、この書簡は芳賀から贈られた『古典の親衛隊』への礼状で、『日本浪曼派』（一九三八年三月号）に抜粋して掲載されたのだった。

立原の文学的な歩みを見るとき、先に名前を揚げた同人誌『未成年』とのかかわりが最も重要だとぼくは思っている。ちなみに角川版全集の年譜を読むと、『未成年』の創刊にかかわったのは、江頭彦造・伊田大助（稲田大）・猪野謙二・香取太郎（高尾亮二）、国友則房・黒土有司（兼井連）・杉浦明平・竹村猛・田中一三・寺田透・立原道造。後に千葉哲郎・斎藤正弘が参加している。

『未成年』（一九三五年五月〜一九三七年一月）のその仲間たちには、とりわけ立原とは文学論上で激しく対立する寺田透の存在があり、また「コギト」に惹かれている立原を揶揄し「コギト」の芳賀たちを痛罵するような左翼的な思想を持つ杉浦明平の存在もあった。立原はその強い個性の集まった『未成年』を「自分たち」の雑誌と意識しており、雑誌と同時にその仲間を大切に思っていたのは日記や手紙からもうかがい知れ、九号で途絶したこの同人誌の再開を繰り返し言い続けている。

『未成年』途絶の原因となった寺田との「絶交」は立原の本意ではなかった。

寺田透は戦後次のように証言している。

> 今更こんなことを言ふのはおたがひにみじめだが、立原は衝突、絶交のあとなのに僕に二つの詩集（『萱草に寄す』『曉と夕の詩』＝引用者）を、知友にわかつための特別の版で贈つてくれた。今その思ひがけず戦災を免れた、広い古びて象牙の肌のやうな感じのする扉の頁に、黒インキでかかれたかれの几帳面な書体の署名をみ、僕は取りかへしのつかぬものがそこに確乎としてあると感じて胸を衝かれる思ひがする。
>
> （「立原道造」『詩的なるもの』一九五九・一〇）

その「絶交」については、

> 僕によこした彼の最後の（そしてほとんど最初の）三通の手紙のひとつに、括弧をつけて書かれてゐる「正確」といふ言葉は、僕がヴァレリーから教へられ、その頃（昭和十一年）僕がそこに自分の知的箴言のすべてを見てゐた言葉であつた。僕は立原の言ひまはしを不正確で、しかも不正確さの効果にたよつてゐると思ひ、それをあきたらなく思つてゐた。だから僕はその箴言を立原に対して悪用したのだ。
>
> （同上）

という。そして絶交後に恋人宛の形式で書かれた立原の「盛岡ノート」から見つけ出した言葉が引用されている。

僕は文字で景を人につたへたいなどといままで一度もおもひはしなかつた。しかし、いま、おまへのために、この僕の眼がはじめて風景を見たおどろきをそのまま、おまへにつたへたいと、おもふ。そして、それをするには、何と、僕の言葉はひとり歩きして、おもひがけない世界をつくつてしまふことか！

（同上）

わかりにくいかもしれないので寺田の「正確」について述べている個所をもうすこし引用する。

結局、ものを捕へ、それがそこにあるやうに描くことは、生涯かれ（立原＝引用者）には不可能であつた。ところが僕の正確は、ものがそこにあるやうに、観念がものの輪郭を持つやうに表現のできることを念ずる言葉だつたのだ。

（同上）

立原は自分のことばが、現実を写し取ることができないことはわかりすぎるほどわかっていた。現実は幻想に変形し、その幻想の中で詩の世界が構築される。だから詩の中に登場する恋人のモデル探しをしても実在する特定の人間は当てはまらない。もちろん詩の中に描かれたあの「村」も具体性を持たず幻想的に描かれる。

夢はいつもかへつて行つた　山の麓のさびしい村に
水引草に風が立ち
草ひばりのうたひやまない
しづまりかへつた午さがりの林道を

（「のちのおもひに」『萱草に寄す』一九三七・五）

現実の世界は立原のことばによって再構築され立原の頭の中以外のどこにもない世界として描かれていく。それが立原の詩（文学）の本質だった。しかしそれゆえに寺田の「正確」ではないという批判は立原に突き刺さり、いら立ちを覚えさせる。

最終号となった『未成年』第九号に公開した三通の、それが終刊の原因となってしまった立原の寺田宛の手紙を見てみると、

> 君にあふといつも完璧な体系でしかしやべらないからつまらない。君がもつとばかげたはなししてくれたらいい。君の言葉があの先に行つたらいいとおもふのです。
>
> （一九三六年九月二十五日付　寺田透宛〈『未成年』第九号〉）

と第一信で軽口をたたくような書き方をしているが、ヴァレリーなどから学び「批評」の「完璧な体系」を目指す若い文学青年寺田にとって「ばかげたはなし」などはできない相談であったに違いない。第二信は、「お返事ありがとう」と寺田からの返信に対してのものになっている。

> 正確にしやべらうといふことはわかつてゐてわがままをいふのですが、正確などといふことに信頼出来ないのです。おそらく「正確」といふことばに躓いているのだらうとおもひます。「正確」が一つの決意で方向だけを感じさせるのなら容易に共感出来るのですが、「正確」に標本ばかりを見、清潔な過程ばかりを見、よそよそしさを感じてしまひます。
>
> （九月三十日付　寺田透宛〈『未成年』第九号〉）

寺田がそのことばを使って立原を批判した「正確」を真っ向から否定する内容になっていく。寺田にとってもこれは許容しがたいことだったと思われる。再度寺田の反論が来る。寺田の手紙が残されていないのでその内容

は不明だが、第三信の始めに「烈しい拒絶のポーズが示された」とあるから、寺田の怒りは相当であったのだろう。

そして十月七日付の第三信で立原は、

僕の意識で、かう語りたかつたと記憶してゐる言葉はみんなあなたの皮膚に達せずにかへつてきました。

（略）

あなたの体系に、たとひすこしでも濁つた陰を幾日かにわたつて投げつづけた僕の罪をふかく感じます。

（一九三六年十月七日付　寺田透宛〈『未成年』第九号〉）

と詫びる。しかしすぐその後で

僕の卑屈さは、僕の無知、出しやばり、気まぐれとおなじ列に、たえず自虐してゐる性質ですが、僕がひとにおしつけようといふ「感情された言葉」がうける拒絶の鞭にはこの上耐へられません。

と開き直りのような反撃をして見せてもいる。そしてそういいながらまた次のようにも書く。続けよう。

あなたは僕に訣別を告げました。しかしあなたに對つて僕には訣別を告げることは出来ません。けふあなたを失ふことの苦痛を、あなたは想像出来ないでせう。

さらに追伸の中で

あなたの孤独と血の戦ひをついに理解出来ず、ただ自分の側だけで一方的にあなたとの高い一致を夢みその夢をあなたにおしつけた、僕の心をお叱り下さい。

とまた甘えるように詫びている。

寺田の「正確」と立原の「感情された言葉」は、強烈な文学的個性としてぶつかりあい、相手に自分を認めさせようと互いに譲ることはなかった。手紙では、いわば「切れた」寺田に立原が一見落ち着きを取り戻して詫びているように見せながら、しかし「感情された言葉」を変えようとはしていないのだ。その時それが互いに自分の文学の方向であるとかたくなに信じられていたのだから。しかし本当に「絶交」になるとは立原は思っていなかった。

問題は、寺田の手紙が公開されず一方的な立原の言い分だけが公開されたことにもあったのではないだろうか。立原の意図としては「自分がやめる」ということばを入れた手紙を公開することで、『未成年』を「やめる」という寺田の意を翻せると思ったのかもしれない。

寺田との手紙のやりとりがあったその後、その九号発行までの間に立原は次のような書簡を猪野謙二に送っている。

未成年どうなつたかすこし心配してゐる。
明平上京してゐる　けふ僕留守に訪ねて来た
会つて十二月のこと　それからその后のこと　僕相談する　考へでなしに　僕は未成年を愛してゐて　どうにもならぬ　夢でなしに何も豫前せぬままにもう雑誌未成年よりほかにやる気にならぬらしい　この決心ゆくまでにあつた迂路は君にはいはない　今となつては僕も思い出さない　それでいいのだ

（一九三六年十一月二日付　猪野謙二宛）

と、動揺しながら、不安げな様子で雑誌への強い執着を見せている。

しかし寺田の決意は頑なであった。結局寺田は『未成年』をやめるのだが、戦後の寺田の回想にはある意味で「若さ」ゆえに引き起こされた互いの不寛容さへの痛みと反省が見られる。「立原道造」の中に、つけたしのように、贈られた二冊の詩集について、「思ひがけず戦災を免れ」と書かれているが、裏を返せばつまりはその二冊の詩集を大切に保存し続けていたということであり、そこから絶交宣言したはずの寺田の立原への思いの深さを読み取ることができるだろう。

先走っていうことになるが、寺田は、立原が死の近づく日々の病床で寺田に会いたい、と言っていたと、あとで杉浦から聞かされたのだった。

立原のこの三通の手紙が掲載された『未成年』九号は一九三七年一月に刊行される。結果、この公開された手紙は寺田だけではなく『未成年』同人たちにまで波紋を広げ、雑誌終刊の原因をつくる。九号発刊わずか半月ほどで「このごろ　僕のまはりは　さびしく　つめたくなりました　親しい幾人かが　立ち去つていきました」（一月十九日　神保光太郎宛）という事態になってしまったのだった。

『未成年』の継続へのこだわりは九号刊行から半年たった田中一三宛の手紙に

きのふ　猪野（謙二＝引用者）・杉浦に　詩集を手渡しするために会ひました（略）秋が来たらまた　未成年をはじめたいとみんなが　言ひました　同人は　やめた　寺田　千葉　齋藤　兼井　のかはりに　生田と　あとだれか二、三人（これから交渉する）がはいる筈です　十月あたりに　やりはじめたい意向です

（一九三七年七月一九日付　田中一三宛）

と書かれていることからもわかる。さらにその五か月後、猪野へ、杉浦へと声をかけている。

具体的に、未成年はどうなつたか？

（一九三七年十二月二十八日付　猪野謙二宛）

雑誌のこと、その后どんなになつてゐるのでせうか、（略）年のはじめに希望を考へるなら、ひと

つはその夢の実現についてです。

（一九三八年一月四日付　杉浦明平宛）

未成年のことは　どうなつたか？

（一九三八年二月上旬　杉浦明平宛）

自分の引き起こした『未成年』の混乱は立原にとっては思いがけない事態であり強い喪失感と孤立感を味わうことになった。初めての挫折だった。自分が原因であったことに激しく動揺したのだろう、混乱した感情を癒すためと思われるのだが、彼は三七年一月三十一日、冬の追分にむかっている。その後を年譜から拾い上げておく。

『未成年』問題を引きずったまま、その年三月、立原は卒業し四月に石本建築事務所に入る。七月、出来上がりが遅れていた詩集『萱草に寄す』（奥付五月十二日刊）が刊行される。八月、追分の「油屋」で日本浪曼派の芳賀檀や若林つや子と知り合う。十一月、養生にいった旅館「油屋」が燃え、着の身着のまま救出されるという事件が起こる。いわゆる「油屋炎上」事件である。十二月にこれも予定より遅れたが第二詩集『曉と夕の詩』が刊行される。

この中で『未成年』途絶の問題で苦しむ立原の前に、日本浪曼派の人間たちが姿を現していることには注目しておきたいが、いまは同じ年に起こった油屋炎上の件に触れる。

立原の苦しい精神状態に追い打ちをかけるように「油屋」という彼の詩（文学）の「故郷」の「家」が焼け落ちるのを恐怖の中で見るという体験をした。

『未成年』喪失。そして「油屋」という「故郷の家」の焼失。この二つの事件が立原をみまった。このことは詩のテーマとなった恋愛（失恋）より大きな意味をもっていた。

「油屋」に関していえば、失恋によって恋愛の実態は失われても、恋人はその夢の中の世界にとどまり、その夢（幻想）の中で対象の女性は変形され、いわば象徴として描かれ、「故郷」という背景の前に美しくピン止めされたのだ。そしてその背景となる場こそが立原の詩にとって重要だった。『未成年』は自在な発表の場として、「油屋」は詩を紡ぐ場として、彼にとってのきわめて具体的現実的な、創作のための絶対的な心のよりどころ、基盤となるものだった。

さびしい足拍子を踏んで
山羊は　しづかに　草を　食べてゐる
あの緑の食物は　私らのそれにまして
どんなにか　美しい食事だらう！

私の餓ゑは　しかし　あれに
たどりつくことは出来ない
私の心は　もつとさびしく　ふるへてゐる
私のおかした　あやまちと　いつはりのために

（「優しき歌Ⅱ」『立原道造全集　第一巻』角川書店一九七一）

『未成年』途絶後に書かれたこの詩には、まだ事態を心理的に収拾できずに引きずっている様子が見られるのだ。

しかし『未成年』の再出発の夢は叶わなかった。夢は夢でしかなかった。

あの日以来すつかり僕をめちやめちやにした出来事を語りあひながら、あの傷からやうやくのがれ出る。

（「火山灰」ノート　一九三五―一九三八）

と書くことができたのが一九三八年五月以降（推定）。その年（一九三八年）の十月『未成年』再刊をあきらめ、新しい同人誌を企画し「十一月上旬にみんなで雑誌をはじめます」（一九三八年十月二十六日付　津村信夫宛）と書き、誌名も『午前』と決めていたが、それも実現はしなかった。

『未成年』の途絶以降、立原は作品を含めて彼を認めてくれる自分に心地よい人間関係や居場所を求めた。しかし問題はそこにあった。彼は愛され褒められる人間関係を求める、その彼の前に『コギト』を読み共感していた芳賀檀のような日本浪曼派につながる人間が現れたのだった。

保田與重郎宛の立原の書簡は残されていないが、保田のことば（『明平、歌と人に逢う』一九八九　杉浦明平）によると、そこには『未成年』から去っていった仲間たちなどへの悪口が書かれていたらしく、この時期の立原の否定的感情の受け皿として日本浪曼派の人間たちが選ばれたと想像するのに難くはない。『未成年』崩壊の反動は浪曼派への甘えを誘い、強く彼をそこに近づけていった。このことは否定できない。

一九三八年の秋、衰弱していく健康の回復のためと、新しい「故郷」を求めるために堀辰雄の制止を振り切って無謀に敢行された「盛岡」「長崎」への旅。その残された二つの「ノート」からは、これまでの自分の感情に終始する書き方からの離脱が試みられ、外界を描写しようと努めている様子が明らかに読み取れる。ただその方向は寺田がかつて示したものではなかったか。そこに見られる描写は、表向きは恋人に向けて書かれたものという体裁をとりながら、寺田の批判に対しての彼なりの文学上の回答だったようにぼくには思われる。

盛岡での彼は猪野謙二に「生れ出たばかりの幼児のやうに、ここにあたらしい日をきづく」「出発だ。／そしてここが僕の故郷だ」（一九三八年九月二十八日付　猪野謙二宛）と書き送る。そして帰京直前には「君のあたらしい生と僕のあたらしい生とがめぐりあふ」（一九三八年十月十九日　猪野謙二宛）と書き、盛岡で「何か大切なものをひとつ植ゑつけた」、「何かしらひよつとしたら手に入らないと、あきらめてゐた何かを植ゑつけたやうな気がしてゐます」（同日　堀辰雄宛）とその滞在を肯定的に見つめようとしている。ただその一方で「みのりはじつに乏しく、何もなくてここを立ち去ります」（同日　入江雄太郎宛）とも書いている。どちらが本音なのか判然としないのだが、どちらも本音だったのかもしれない。前者は文学者宛、後者は建築家仲間宛で、後者の「みのり」が「乏しい」というのは悪くなった体調のことだったのかもしれない。そうだとすると二つはそれぞれ別のことを言っていることになり、矛盾しているとも言えなくなる。素直に、盛岡で彼の心が「何か」を植えつけたと感じたと考えるべきなのだろう。

寺田との絶交と『未成年』途絶問題での深い「傷」は、かれ自身が「やうやくのがれ出る」と書くように本当に癒されたのかどうか。盛岡での新しい経験を上書きすることで、あるいはそう思い込もうとしていたとも考えられなくはない。しかし事実として、盛岡の風景も人も、愛されたいと願う彼を優しく受け止めた。そして確かに詩の内容にも変化がみられる。

夢みたものは　ひとつの幸福
ねがつたものは　ひとつの愛
山なみのあちらにも　　しづかな村がある
明るい日曜日の　青い空がある

日傘をさした　田舎の娘らが
着かざつて　唄をうたつてゐる
大きなまるい輪をかいて
田舎の娘らが　踊ををどつてゐる

告げて　うたつてゐるのは
青い翼の一羽の　小鳥
低い枝で　うたつてゐる

夢みたものは　ひとつの愛
ねがつたものは　ひとつの幸福
それらはすべてここに　ある　と

（「優しき歌Ⅱ」『立原道造全集　第一巻』角川書店一九七一）

ソネット形式は維持されているが、題名の付けられていないこの詩で、彼は発見した新たな「故郷」を描いている。嵐のような内面的な葛藤は過ぎ去り、落ち着いた様子がうかがえる、この詩が書かれたのは盛岡から帰京する直前か直後と推定されている。

この一か月ほどの、安定し、しかも彼の求める「ひかり」を見た盛岡滞在（九月十五日〜十月二十日）から体調回復のために東京に戻った。しかし十月二十六日、静養する間もなく、「戦争詩の夕」に出席することになる。十月二十七日　武漢三鎮陥落の提灯行列に日本浪曼派系の「新日本」の若い評論家たちと参加する。このとき「提灯をもつた大ぜいの人たちにまざつて僕らも万歳を言ひました」（十月二十八日付　丹下健三宛）その一方で「どこか僕には不自然だつた」（同）とも言う。また「歴史はこんなに弱く惨落したときの僕にさへ、今は一歩の前進を要求します」（同）と書くのでもあったから、この動きは体調の悪い彼の主体的、積極的な動きだったとは考えられない。人々の興奮状態に違和感を持ちながらもズルズルと巻き込まれていく自分を説得し肯定せざるを得ない心境なのだろう。その違和感はここでは追究されない。悲劇の中に陶酔を求める日本浪曼派のあの命題が彼のもともと苦手な論理思考をさらに麻痺、停止させていた。この時立原はおそらくはじめて文学外のところへ引きずり出され、押し流されるという体験をさせられたのだ。そこは立原の望む世界とは明らかに異なる世界だった。

そしてその違和感を黒く沈潜させたまま、慌しく南の長崎へ向かう。しかしそれは死への旅でもあった。

長崎で彼を待ち構えていたのは、すでに結核に侵され回復不能となった彼自身の肉体と長崎で住む場所として案内された洋館への失望だった。光の入らないその洋館について「このなかでくらすなら僕の身体はめちやくちやになつてしまふ」「ここまで来て僕の夢想は、もう、くづれてしまつた」（「長崎ノート」十二月五日）と書く。長崎到着三日目の十二月六日に入院。病床の中で彼は、

僕はいま自分をここまでひきずつて来たあはれな夢想にしかへしがしてやりたいくらゐだ。それは何だつたのだらう。ただの気取つた夢想に過ぎなか

つたのではないか。

（「長崎ノート」十二月六日）

と述べ、この数年の「コギト」との関係を振り返る。結果、「浪漫家の血統にはつひに自分は属さない」（十二月九日）と書きつける。十二月十日には次のように書く。

しづかな、平和な、光にみちた生活！　規律ある、限界を知つて、自らを捨て去つた諦めた生活、それゆゑゆたかに、限りなく富みゆく生活――それを得ることの方が、美しい。そしてそのとき僕が文学者として通用しなくなるのなら、むしろその方をねがふ。コギトたちのあまりにつめたく、愛情のグルントのない文学者の観念を否定すること。コギト的なものからの超克――犀星の「愛あるところに」といふ詩をふかくおもひいたれ。

（「長崎ノート」十二月十日）

立原が求めた「幸福」や「愛」は『コギト』や『日本浪曼派』にはなかった。ここには『コギト』の呪縛から逃れ出ようとする意志が描かれている。彼はぎりぎりのところで踏みとどまった。ファシズムの吹き荒れるその時代に、一旦は保田や芳賀の思想に絡め取られたにもかかわらず、こうして踏みとどまり「コギト的なものからの超克」を意志した文学者は希有なのではないだろうか。

十二月十三日、長崎を出る日に杉浦明平に書いた端書には、

ゆうべは（夢に＝引用者）君に会つた。君は僕に悪口いつたり、いつものやうにしてくれた。どこか喫茶店のやうなところでだつた。

と書き、立原は『未成年』の時代を大切な時代として懐かしむことができるようになっていた。『未成年』の若い仲間たちの姿が、そこに生じた口論も対立もさらに

自身の葛藤も含めて、下心なく真っ直ぐに「文学」に向かうものの群像であったことが理解されたのだったろう。それは死を前にしたからというのではない。『未成年』からこの二年、起伏はあったがどこまでも純粋に詩を己の「生」として求め続けたからたどり着けた場所なのだ、といまぼくは思っている。

　彼は風となり光を求めて詩の中を生きた。

　十二月十四日に東京に戻り、十二月二十六日にすでに手遅れの状態で東京市立病院に入院する。翌年三月二十九日、誰にも看取られず病室で息を引き取る。

　第一回の中原中也賞の受賞者となっていたが、四月二十九日の授賞式は追悼式と兼ねて行われた。

　歴史に「もし」はないが、あえて「もし」を使わせてもらう。ささやかなことだが、もし、もうすこし立原が生き続けていたら、きっと絶交した寺田との和解があったのではないか、と。

（「詩的現代」32号　二〇二〇年三月）

『バルバラの夏』そして『立眠』

——長谷川龍生の再生——

『バルバラの夏』（一九八〇年）は、「ガブリエル通りのバルバラ」と題された詩が冒頭に置かれている。その詩は語り手がカフェにいる場面から始められる。

〈カフェ〉で〈バルバラ〉を待ち〈ボジョレーをあおる〉「語り手」が登場する。カフェの場面からイメージが噴き上がり視点が〈可愛いバルバラ〉に移動していく。〈バルバラ〉を〈待つ〉のだが、〈来ない〉。そしてカフェの閉店まで待つが、やはり〈来ない〉。バルバラの家の前までいくのだが、しかし詩は〈バルバラは来ない〉と締めくくられる。繰り返されているのは、〈バルバラは来ない〉というフレーズで、それは〈一目惚れ〉して〈探偵〉めいた行動までしたにもかかわらず、一方通行で詩の中では〈バルバラ〉には自分の存在が意識されていないようだ。当然〈バルバラ〉への向い方が〈待つ〉という行為でしかなかった、その結果だった。注意したいのは〈待つ〉という動詞だ。始まりに置かれたこの〈待つ〉という動詞が引き出したのは〈来ない〉という否定であった。この詩を単なる恋愛詩（失恋詩）とは取れない。恋愛を描きながら、しかしここに〈待つ〉ことに馴染んでいた詩人が、〈待つ〉ことをやめ行動を起こし始める契機が描かれている、と読める。

　あの「パウロウの鶴」で描かれた詩の世界を支える五〇年代の日本の現実は、七〇年代にはすでに遠ざかりつつある、いや実際には遠ざかっていたのかもしれない。〈先端を切っていく一羽／それは抵抗と疲労のかたまりだ。／だが、つぎつぎと／先立ちを交替していく／つぎつぎと先立ちが／順序良く最後尾につらなっていく／バランスを構築し／小さい半円を／一線の空間にえがいて／みごとに翔んでいる〉という群像のイメージを支える五〇年代の客観的な背景、社会状況が消えてゆくとき、それは単体の風景として物理的に消滅したのではなく、精神世界も絡み取り巻き込んでいった。

「戦後」思想を削りとるように、為政者側から企てられたのは六四年の「東京オリンピック」という「祭り」だった。それに被せて日本型の「中産階級」（中流）が登場し喧伝され、このことばとイメージが人びとの意識にすり込まれる。つまり「労働者」の消去である。そしてこの流れの中で詩のことばは思想的な羽をもぎ取られ、単に生活意識、感情の表層をなでていくものになっていく。しかも、長谷川龍生自身が六〇年代から七〇年代前半には仕事として、また生活者としてその上っ面なことば作りの一端を担っていくというあり方を引き受けざるをえなかったのであり、「パウロウの鶴」の「詩人」の自立的抵抗的な詩の「ことば」はその現実の矛盾の中で逼塞するように生きねばならなかったのではないか。詩の「ことば」がいかに「個人」のイメージによって羽搏こうとしても、そのイメージには詩人の取巻かれている時代と社会が癒着する。長谷川は詩人として自分を含めたそうした詩のことばの危機的状況を必死に、しかも絶望的に、見つめた。しかし、それはことばからの撤退ではなかった。

野に咲く花を、見つめていて、日本の詩を詩人をしきりに思う。なんという平凡な抒情であろう。なんというヘドがでるような自己充足であろう、絶対にやすらぎなどはない。魂の休暇などはない。いま、日本の現代詩は心と存在のたたかいを忘れている。詩人たちは、詩が荒地の数学であることを知らない。

（「詩的生活」一九七八）

日常語を拒否し、〈待つ〉ことをやめ、詩のことばへ向かうための自身との、孤立的な闘いが再開される。それは日本の自己充足的な社会集団、マス文化からの抵抗的な離脱離反といってもよいのかもしれない。彼はことばと格闘しながら己の存在を見つめるために、日本の外〈他者の街〉に歩みを進める。その結果として、『詩的生活』が誕生し、その二年後に『バルバラの夏』の登場を見た。その中の「一篇の抒情詩をつくるための風」には詩に対峙するための重要なフレーズが次々に現れる。〈なぜ　他者の街をあるいているのか／異物を呑みこみ／消化しているからだ／なぜ　詩を発するか／人間群像ことごとくを仲間とは思わず／異化動物と断じているからだ／遠景においても　近景においても／「想い」と　その背後に消されている「策」をとらえよ／自分の寸感を切って捨てよ／古典幻想に帰らんとする修辞の歌の舟を沈めよ／人間だ／馴染む人間　馴染まない人間〉。〈策〉つまりはかりごと、計略、たくらみをとらえよというのである。〈詩人〉の前に表れた人間群像の忌まわしい実像への否定的抵抗的なことばが吐き出されている。しかもそれが〈詩を発する〉ための動機だと語られている。詩は語り続ける。

ペシミズムを本質的に除去する可能性の認識をも
　ったことはない
他者の街に革命がおこっても
下積みにされた人間が解放されても
自己の心の蕊に
不信の地下水が再び噴きだす
他者の街をあるいていて
ボロ布一枚になった自己が離陸しようとする
何処へ
一つの確証ある次元の空
群像の目に見えないが
自己だけが知りつくしている直感と　血の匂い

（略）

橋が　空間に架かっている
現実の虹の光景を下の方にながめて
晴れた日でも　曇の空の日でも
その知的純粋の橋をわたらねばならない
歌に帰るな　古典に帰るな
過去に生きる部分を　きょうの日常性に置きかえ
　る情緒性は　刹那的なものである
いま群像の焦点は　その刹那以外の何ものでもな
　い
イージー・リスニングの日常を切れ
日常に埋没する自己を　詩から遠ざけよ

（略）

橋を発見するまで
他者の街をあるきつづけよ
橋を発見するまで
いたずらに日常の詩など　かくな

この禁止の意識は中野重治の「歌のわかれ」の精神を引き受けるもののようにも見えるが、〈知的純粋の〉と修飾語が置かれている〈橋〉は、橋自体が抵抗的な実在するものとして描かれる。〈橋〉を〈わたる〉という行為自体に詩人にとっての指標があるといってもよい。その〈橋〉は確かに実在するが、しかし未だたどり着けない場所として意識される。詩人は〈バルバラ〉を付け回す〈探偵〉のように、執拗に〈橋〉を探しつづけなくてはならない。彼は〈たった一人〉で〈群像〉に対しての〈ペシミズム〉を抱えながら、渡るべき〈橋〉を〈発見する〉ためにあるきつづけることを自身に課していく。詩はさらに続けられ〈橋〉のイメージは武器としての〈藻の化石〉に変化する。

日常の感性をおさえて
藻の化石の実存を武器とするのだ
もはや　それは遺された一本の藻ではなくなり
自己の肉化の底に育つ　鋭い岩だ
ひらかれた世界も　閉じられた世界も
きょうこのときの一瞬に
包みこまなければならない
二つの世界の限界に目をさまし
一篇の抒情詩の斧の力を自己のものにする
そのときまで
他者の街をあるきつづける
風にはたかれ　ふわりと逸れる
自己が消える　風景の底に溶けることなど
だれも知らない

〈藻の化石〉というこの柔らかさと固さの両価的な武器を携えるために、彼は詩人として〈他者の街〉をあるきつづけた。そこで立ち上がることばは詩人を逆照射し、世界と自身の関係を問い、厳しく己の詩的世界における実存を見極めようとしていく。

『バルバラの夏』の二十二年後、七十四歳の長谷川龍生は二〇〇二年に最後の詩集『立眠』を上梓する。この「あとがき」で詩人は次のように述べる。

〈現場を確保するという行為の領域と、想像的な思想の領域を、往ったり来たりする癖がついたのは、かなり以前のことからである〉と。ここで〈癖〉という言い方をしているが、しかしこの〈癖〉が意識的な方法であったことは、いうまでもない。そしてさらに〈宗教的な絶望が先行したときに、文学的な絶望をもって杭を打ちこんだ〉とも述べる。当然この〈宗教〉は〈政治〉と差し換えることができる。

『立眠』で彼は〈宗教〉と人間の実存した〈現場〉を〈あるき〉、その地から、歴史に問いかけ、想像を働かせ、主知的に〈行為〉と〈想像〉の間を往還し、詩を創り上げていく。そしてそうであればこそ当然文学(人間)的〈絶望〉を宗教(政治)的〈絶望〉につきつける。彼にとっては〈絶望〉の発見こそが、「生」への道だったといえよう。そしてこうした詩の行旅はこの詩人にしか成し得なかった業績だった。

巻末におかれた「ヘンドリコフ横町の殺人」では自殺したとされるソ連の革命詩人マヤコフスキーについて語られている。その最後の連は〈いったい　この時間は　何んだったろう／戦争があったのですよ　多くの戦争が／人がつぎつぎに消えたのですよ　多くの知識人が／エスペラント語が生まれたのですよ　悲劇の言語が／革命とか　それにつらなる「愛」とか〉と書かれ、つづけて、

その偏情は　空港の清掃員が　せっせと片づけている
ウクライナのザボロージュ・コサックの由緒がきも
紙屑にまるめた
没落貴族の最終の矜りも　バザールの板の上から
消えている
ヘンドリコフ横町も　バスの停留所の一つにしかすぎない

と歳月のうつろいを語って終える。しかしそれがうつろいという時間的事象の中に放擲されたことによって、〈マヤコフスキー〉という実存は現代と未来に向って象

徴的に照射される。〈場所〉の出来事が〈マヤコフスキー〉のようにあり、ありつづくことが、読み手に想起され理解されるのだ。

付けたしになるが、『立眠』巻頭の副題を持つ「賢慮、生きる流浪とは――二十一世紀を克服するために」には自身の詩のあゆみを振り返り〈孤独を避ける〉〈連帯への足がかり〉〈人びとを愛する方向への自立〉等と書かれていて、それまでの批判的世界を描く詩語とは微妙に異なり、肯定的包容的なことばで表現されている。〈若水〉を獲り〈お茶をする〉と書かれるこの詩は、詩人として〈個立〉し、「詩を生きた」七十四歳の自分への屈託のない「ホギウタ」だった。そして同時にこの詩で彼の詩精神を次代に託そうとしたのかもしれない。

（「潮流詩派」260号　二〇二〇年一月）

解説

北見から来た青年

——胎土の風と実り

麻生直子

清水博司詩集には、澄明で冷涼な北の空気が漂う。北海道のオホーツク海の内陸部、北見山脈の山林や拓けた穀倉地帯、冬季は氷雪に凍てつく大自然の、絵葉書的イメージではなく、その地域性を胎土として育った清水博司の詩的出発や、その人間性や、思考生成の過程が、今回の文庫詩集で、現代詩の新しい表現方法を示唆して読めることが、なによりも嬉しい。

あえて、いえば、一九六〇年に道南から〈上京〉した私と、その十年後の一九七〇年に、北見から〈上京〉した彼とは、〈津軽海峡〉を船で往来した〈渡り党〉のルーツを背鰭にしている。

幾度か
海峡をわたったことがある
海峡の背鰭を着込んでいるのはぼくのようであり
ぼくのようではなかった

（略）

老人たちには
エゾと「内地」を結ぶ道だった
海峡を挟んでつまりそこは「外地」

ぼくのなかの何かが剝奪されて
しかしぼくはもっと剝奪し
野原をただ同然で手に入れた人の血を引く

広い畑を馬車に乗る少年の日　ぼくは
夕日から吹いてくる風に
だまって身を任せていた

海峡に吹く風がある
閉ざされる海峡がぼくなのだ
ぼくはうねりながら流れる
ぼくは魚を食い
魚たちは銀色に輝きながら
ぼくの背鰭を食い
いつの日にか魚たちはぼくを解体する

海峡をわたったことがある

（「海峡」部分）

作者は、〈海峡〉が蝦夷地〈外地〉と本土〈内地〉を結ぶ道であったこと、ぼくは、かつて〈野原をただ同然で手に入れた人の血を引く〉存在であるという。

静謐で、リリカルな言葉のなかに、〈剝奪〉の歴史への享受と、それを無化していく海峡の道の時代解体を立ち上げる端的な表現方法に驚く。

老人たちが「内地」という言葉を使っていた時代、在日朝鮮人作家の金史良は、朝鮮戦争の三十八度線地帯で戦死したといわれる。後に同胞たちによって出版された『金史良全集』（一九七三年）の小説に、日本の統治下にあった朝鮮半島の地域の人々が、日本を「内地」と呼び、内地で教職にあった金史良自身の望郷や、玄界灘の〈海峡〉を密航者として「内地」に渡る若者の姿などを描いている。

「内地」や「外地」という言葉の意味が、文学によって、色濃く国や人々の歴史を繋ぎ、清水博司の〈海峡〉や〈剝奪〉という言葉もまた、地理的定点を越えて、人々が往来した海の道の通史を内包する。

清水博司の先祖が、北見地方に入植した経緯は、詳しくは知りえないが、私が東京で出会った、北海道出身の先輩詩人に桜井勝美がいる。詩集『ボタンについて』（第四回H氏賞受賞）、『泥炭』『牛と高レベル放射性廃棄物』などがあり、評論『志賀直哉の原像』他、教育書も多い。

桜井勝美は、一八九三年（明治二十六）に徳島県から石狩郡岩見沢に開拓民として入植した祖父と父母のもとに、一九〇八年（明治四十一）に生まれる。幼児期に桜井家の養子になり、やがて上川郡士別に移り、畑作から米作りに転換のため十四歳の頃には、兄と田畦造り、地ならし、分水溝工事作業もしたという。

十七歳で旭川師範学校に入学し、「文藝戦線」を手にしながら、芥川文学を熱愛、農民運動や集産党事件（治安維持法弾圧事件）も起きた旭川時代を経て、上京する。

その、桜井勝美は、著書『一〇〇万人の現代詩』（一九八六年）の中の「麻生直子」論で、自分は石狩の泥炭地の渋い水をのんで育ったが、麻生直子は孤島奥尻の潮風をあびて育ち、〈困窮の育ちには、共にカインの末裔だ〉と、書いている。同著には「風山瑕生」論があり、詩集『大地の一隅』を、自分の体験に照らして、〈風山瑕生は昭和二年（一九二七）に秋田県南秋田郡船越町に生まれ、五歳のとき姉と妹と自分と三人、父母につれられて北海道釧路市弟子屈に開拓民として移住した〉。〈開拓民というのは、いわば「カインの末裔」（有島武郎）の、どうにもままならぬ土地を後に、新しいところへ行けば、何とかなるだろうと、未知の土地へ流れていった人々のことである〉と記す。風山瑕生自身、〈そこは厚い層からなる摩周火山灰堆積の、不毛の土地だった。気象条件が悪く、作物が成熟期に入る夏季、太平洋に発生したガス（濃霧）は奥深い原野にまで来襲し、太陽をかくす。八月半ばには霜が降り、半年間は積雪と吹雪に閉ざされる厳寒の大地だったと〉詩集の「あとがき・或る開拓」に、開墾と闘う一家の家族崩壊を記している。志村有弘編『北海道文学事典』（二〇一三年）、「文学者小事典」の項目で、筆者は「風山瑕生」を〈開拓時代のこの時期はわたしという人間における、最も重要な歴史的事実を形成したのである。自分の詩句をかりれば『人格の鍵を手にした』のだ〉という一文を紹介している。風山瑕生も旭川師範学校を卒業し、やがて一九五二年（昭和二十七）に上京する。

風山瑕生詩集『大地の一隅』（一九六一年）は、一九六〇年の黒田喜夫詩集『不安と遊撃』、翌年の石川逸子詩集『狼・私たち』に次いで、一九六二年に第十二回H氏賞受賞した。時代のエネルギーを現代詩は反映した。

明治期の桜井勝美や、昭和初期の風山瑕生の原風景には、〈カインの末裔〉を自意識とする情念の文学表現はあっても、蝦夷地が、先住民の〈アイヌモシリ〉であることの歴史的視点や認識は表現されていない。

清水博司の詩の新しさは、「海峡」で〈野原をただ同然で手に入れた人の血を引く〉と書き、「野付牛」で〈本土で略奪される人々は／略奪しながらこの地にたどりついた〉といった自らのルーツに対する認識と批評性を思考させている言葉だ。

もし、桜井勝美が清水青年を知ったなら、早速、〈彼は北見の火山灰地の灰塵をあびて育った、共にカインの末裔だ〉と書くだろう。それほど、北海道メンタリティー〈情念的傾向〉が、開拓者の文学的精神史に流れているように思える。

戦後生まれの清水博司は、火山灰地の北見盆地を流れる無加川のかつての水銀鉱の滓を肺に沈め、蜉蝣のように〈峠へむかう旅人として／身繕いをはじめて〉いる。オホーツクの歴史には、消えていった古代人の遺跡や、場所請負制度で、和人の侵略と収奪に曝されたアイヌたちが、明治末期には殆んど滅んでしまったといわれる。

幕末の探検家松浦武四郎の「知床日誌」（一八六三年）には、斜里・網走と対岸の国後を結んで、場所請負人が極悪非道なアイヌ民族への虐待を記録している。

戦争中の囚人道路や人柱のトンネル、草に埋まる墓標は、第二次大戦中に、朝鮮や中国から強制連行され人々の遺骨で埋められ、北見山野でも、住民による証言から強制労働の実態が次々に明かされ、慰霊碑が立つ。

清水博司は、七〇年全共闘など学生運動が激化するなかで、どのような立ち位置にいたのか、「新宿」という連作の詩で読むと、〈十代の終りの日々／あてどなくぐるぐると歩きまわっていた／新宿の舗道を〉〈シュプレヒコールの波の絵を見る／出自を捜しはじめた人々の／うつろな目付き／水虫に悩み棒立ちになっている／イワン・イリイチ〉。〈夏にいつも長袖を着ている国からやってきたわけ〉、〈流れていて／流れに乗って／気が付くと／流れからはずれている／そんなふうに／人生というものがあって／どんどんはずれて／そういえばむかしここは江戸のはずれではなかったかと思いだすが／はずれることには違いなく／だからいっそ／厳しくはずれていく〉（「新宿」部分）と書いている。

〈出自を捜しはじめ〉〈流れ〉〈はずれる〉〈オブローモフ気質〉〈冬酔い〉といった彼の感性は、多くの離郷者で埋められる都市生活者の、〈内なる辺境〉を結ぶ共感でもあるだろう。

「野付牛」で彼は（地の果て）の故郷を描く。

故郷が北にある
アラゴンの故郷はもっと北にある

乾草の臭いのする村々に囲まれる
ひとつの街
ヌプンケシ（野の果て）と呼ばれ
夢からたたきおこされて
野付牛と文字をうたれた

夢を略奪された野付牛は
うつろな顔した人々に占領される
ヌプウンケシは言葉のみで宙をかける

本土で略奪される人々は
略奪しながらこの地にたどりついたのだ
（略）
野付牛が北見とかわったときから
役場はエリートのお役所
インスタント　インスタント

倒れそうな知性は
日本の知性をまるごと否定しながら
痩せつづける

故郷としてそれらが
青臭くぼくの肺にただよっている

凍る風
グラムシの風
レニンの風
たしかに激しい肺を凍らす風
すっぱいブドウにならない生きざまにむかう
アラゴンの　エリュアールの　風
小林多喜二の風
久保栄の風
凍る風
激しくとりまく風

（「野付牛」部分）

故郷が、秩父事件や足尾鉱毒事件の移民団なども移住し、近代化していく戦後、西欧の抵抗の文学や、ロシア文学や社会思想、伝播する労働者文学の読書体験が、やがて、大学のゼミ生として、祖父江昭二との運命的な遭遇になったと思われる。

清水博司は、後年、祖父江昭二著『二〇世紀文学としての「プロレタリア文学」』（二〇一六年）を、続いて、祖父江昭二著『久保栄・「新劇」の思想』（二〇一八年）も、エール出版社から企画編集、発行している。

その、編者あとがきの付記として、〈「祖父江昭二著作集刊行委員会」のメンバーは、野田由紀男・村山雅彦・坂上孝雄（故人）・清水博司の（いずれも和光大学祖父江ゼミ出身）であったことを記しておく。また、本書の編集および校正の責任は全て清水にある〉とあり、五〇〇ページを超える大著を纏めた、膨大な尽力に驚く。

二〇一二年一月に逝去した、祖父江昭二が、各紙に執筆した評論を編纂し、先生の〈遺文集〉としてよりも、今日的な研究課題として刊行に漕ぎ付けた、という彼らの姿勢に、学問を通した、矜持に、胸をうたれる。

〈根拠のない思い込みで人格を貶めるような研究（者）のありかたに対しては、厳しいことばを述べることもあった。〉〈ぼくたちの大学時代には先生の名前の前に常に「鬼の」という形容が冠されていた〉と清水博司は書いている。そこで鍛えられた彼自身は、詩と評論の鍵を手にしたのではないか。

一本の木の背後に森の堆積土をも熟知しようとする洞察力が評論には必要であり、一篇の詩を読むということは、読む側の感性や知性も問われるということだ。

清水博司の沖縄の詩「島・燃える」を読むと、一人の女が、イザイ花を持つノロであると同時に、田宮虎彦の『女の顔』のヒロインに重ねて、戦争の残忍さも読める。

広島や江田島の旅の詩は、人々の生活史を物語る。不帰郷を背鰭に〈海峡〉を渡ったはずなのに、幾度か呼び戻され、先祖の墓参りをする、作品がある。

先祖など考えたこともない
ただ
ぼくのところまで命をつないできた
人類史……
などと
おおげさな気分に
少し　浸る

さっぱりした墓の踏み石に
腰をかける
ここからは
記憶の街が見下ろせる

（「ブルーサルビア」部分）

私は、人々が生きるその風土や歴史について、固有の感性や時代性を、詩や評論に投映することで、文学へのあこがれに導かれてきたのだと思う。その意味で、清水博司が、故郷の墓前で、〈ぼくのところまで命をつないできた／人類史……〉という言葉に出会い、この詩人の持つ躍如とした大らかさにあらためて衝撃を受けた。

人類史や、文学史が、遠大な生命や記憶を繋いできてここに在ることの胎土の風と実りを想う。

その詩は「透明な雫」となって

愛敬浩一

清水博司の詩を読んでいると、最初は、その〝中庸ぶり〟しか見えてこない。誠実な人である清水博司は、自らの本質の中の節度あるものだけを公表し、その詩の造型力の、水晶のような美しさを、学校の教科書のような控え目で慎ましいもので包み隠している。引き締まった即実さに富み、対象の叙述について詩的なまわりくどさを与えず、強く核心を突いた言い回しをする。

清水博司の詩を読むと、私はいつも、自らの詩を顧み、反省することしきりである。彼の、柔らかで確かな言葉は、私の、薄っぺらい言葉を撃つ。不安なあまり、ただ無意味に言葉を連ねている私の詩に対して、清水博司の詩は狙いすましたように、まるで打楽器でも打つような感じだ。考えるふりをして、ただ場を塞いでいるだけの私に比べて、彼は何もしないようでいながら、正確に計算し、緊張しながら、その時を待って「ゆっくりと立ち上がる」。

ずいぶん長い間
君は待機している
すでに終楽章は半ばを過ぎ
君の沈黙は
空に向かって意志的でさえある
ホールにそよぐ風
想う人の名をさやかに呼ぶように
空の青さがにおうように
その輝きが激しく切り立つように
　　　　あわだつように
やわらかで確実な参加へ向かって
君はゆっくりと立ち上がる

この選詩集には収録されていないのだが、第四詩集『さあ帰ろう—around the corner—』所収の詩「交響曲（ある打楽器奏者）」の全行である。作中の「君」は、どう見ても清水博司その人のように見えるし、一瞬、私が彼のために書いた詩だったような錯覚にさえ襲われる。

　このことは既に何度も書いているが、清水博司とは、遥か昔、「発条と過程」という同人誌をいっしょにやった。いや、その前の、同じ大学で、彼が詩を書いている頃からの知り合いだ。それ以降、同じ詩誌に所属しなかった時期も含めて、親しい気持ちはずっと変わらない。

　本当を言えば、清水博司の本領は、社会的な題材を扱った詩の方にあるのかもしれないが、昔からの知り合いである私の目は、彼自身の日常や、その生活をうかがわせるような作品の方ばかりに向かってしまう。

　　どんな脈絡でだったか
　記憶はかすれているのだが
　卒業間際の授業でひとりの教師が
　ほそぼそとした口調できっぱりと
　「排他・拒絶の思想的心情は精神的没落の宿命しか
　　たどらない」
　と語った

　それは
　ぼくたちのぼんやりした危うさへの
　言葉かけのようだった

　あの日々の
　ぼくたちの一気に傾斜しようとする生き方への警
　　鐘
　それぞれのこころの軌跡は
　どこまでも〈正しい〉直線を描いているかのように
　　見え
　そしてたしかにそこでぼくは
　とげをもった一本の直線であろうとしていた

これも同様に、収録されていない詩「経験」の前半部である。同時代を生きて来たので、清水博司が「とげをもった一本の直線」であろうとした思いは私にも分かる気がする。

教師は「変な押し売り」をすべきではないというのは、何かの本で読んだ臼井吉見の言葉だが、まさにその「押し売り」とは正反対のものとして「排他・拒絶の思想的心情は精神的没落の宿命しかたどらない」という言葉があるのだと思う。「要するに、自分のほかに、自分を監視し、自分を見守っている、もう一人の別の人間を存在させることができるかどうかということがかんじんなところです」と、これも臼井吉見の意見なのだが、私もそう思う。清水博司の詩には、「もう一人の別の人間」としての「ことば」があるのではないだろうか。

改めて考えてみると、清水博司という詩人の存在は、私にとって定点のようなものだったのかもしれない。特に行き来があるというわけではないものの、彼は大学の頃から、ずっと決められた場所に立っているように見える。

第四詩集は、彼の詩集の中で、唯一「あとがき」を持っていて、その詩集タイトルがブルガリアの映画『さあ帰ろう、ペダルをこいで』（邦題）によっていて、その映画のテーマは「生きる」ということであり、「回復」ということであることが明かされる。それは読んでいただければ分かることだろうから、私は、この第四詩集から、遡るようにいくつかの作品を見て、清水博司という詩人の〝発条と過程〟を振り返ってみたいと思う。第三詩集『ことばは透明な雫となって』から、詩「ボート」の一節を引く。

せわしない時間を抜け出した
つもりでいる
その日
喜びのようではあるが天には昇らない
次の日は

悲しみのようではあるが沈むこともない
そして次の次の日は
またしても時間を背負っている自分がいる

普通の人生における「喜び」と「悲しみ」も、決して〝普通〟なのではない。それぞれに嬉しく、それぞれに辛い。ただ、それに続く日々のことを思って、「喜び」にも「悲しみ」にも耐えるのである。それが生活というものであろう。やるせないことを扱っているのに、読後感はさっぱりしている。これが清水博司という詩人の持ち味なのである。

しばしば
手に余るもののために
人は
自らの心の響きや問いに
応えられない
こともあるのだ

（中略）

そして
物語ることをやめ
すべてを
人生論に
そして
運命論に
還元する安堵感で
固まりつつある私たちの
哀歌の軽さ

けれど
ことばはたえまなく透明な雫になって
人々それぞれの心の底の砌に落ち
はじけている

詩「ことばは透明な雫になって」の一節を引いた。テーマは、「詩とはなにか」としてもよい。「詩」は「人生論」でもなければ、「運命論」でもない。もっと、曰く言い難い何かである。簡単に意味を読みとって、分かった気になってはならない。「透明な雫」とでも呼ぶしかない。まさに、「透明な雫」そのものに触れなければならないし、それが光に輝くところを自分自身の目で確かめなければならないということではないだろうか。

第二詩集『いきつもどりつ』では、同じことがらが個人史と絡んで扱われているように見える。詩集冒頭の詩「海峡」から引用する。

幾度か
海峡をわたったことがある
海峡の背鰭を着込んでいるのはぼくのようであり
ぼくのようではなかった

「あれはなあに」
と少年が父らしい男に尋ねている
「あれはいか釣り船」
と男が答えた
〈いか釣り船〉
ぼくの前で
星々と見分けが付かずに流れる光の群れが
瞬いている
事実はためらいながら錯覚をもたらし
錯覚はかたくなに事実にしたてあげられ
海峡をわたる

清水博司は北海道北見の出身である。その「海峡」は、老人たちにとっては、エゾと「内地」を結ぶ道かもしれないが、彼にとっては、故郷と「外地」を隔てる道でもあり、彼の中から何かが「剥奪」されたような象徴的なイメージなのであろう。剝ぎ取られ、力ずくで奪われたものは、本当は誰でもが経験する〝少年時代の終わり〟に過ぎないのかもしれない。とはいえ、そこで、たとえば〈実存〉とでもいうようなものを彼が意識し、言葉に目覚めたとも言えそうだ。

故郷が北にある
アラゴンの故郷はもっと北にある
乾草の臭いのする村々に囲まれる
ひとつの街
ヌプンケシ（野の果て）と呼ばれ
夢からたたきおこされて
野付牛と文字をうたれた

第一詩集『地球に吹いた風に』の詩「野付牛」の冒頭部分である。清水博司の第一詩集も第二詩集も、実際のところ、青春の書であり、その詩篇のほとんどは、つらい恋愛や思い通りにならない日々ばかりが歌われているのだから、本当はそのことの方を論ずるべきかもしれない。それを、ことさらに彼の個人史に触れようとするのは、何も精神分析的な思いがあるからではない。ただ、誰でも具体的な生活をくぐり抜けることでしか、その〈実存〉を意識できないと思うからだ。

対象的に認識する心理学は、呼びかけながら明らかにしていく哲学と、同じものについて語るように見える。けれども、すべては逆になる。たとえば、精神分析においても、そうである。哲学的思索は、実存の「みずから—透明に—なる」道へ導くのに反して、精神分析は、その暴露的方法によって、一つの新たな、それだけいっそう深い実存的封鎖性を、生みだす。
（Ⅷ心理学と社会学）

カール・ヤスパース『哲学の学校』（松浪信三郎＝訳）の一節である。ヤスパースにしても精神分析に恨みがあるわけでもなかろうが、ただ「哲学的思索」の意義を強調したいのではないだろうか。また、「誠実」についての、次のようなヤスパースの言葉も、そこに重ねてみたくもなる。清水博司の「誠実」もまた、そこにあるように思う。

個人生活においてもそうだが、われわれの共同体においても、公共的に重要なことがらについて沈黙することによって、事のなりゆきは不誠実になる。公然の虚偽は個人的な虚偽の鏡である。われわれは暗闇のなかに生きる。だれしも自分ではそう思うように、われわれは共通の運命と行動において、たがいに透明でありたい。

（Ⅸ公開性）

私が右の、二つの文章から抜き出したいのは、「透明」という言葉である。清水博司の詩「ことばは透明な雫となって」のそれも、結局のところ、同じことを指し示しているのではないだろうか。

ヤスパースは、最後に言っている。〈実存〉の序列において最も貴重なものは、「精神」であり、「宇宙全体においては、人類であり」、「集団においては、個人としてのかぎりにおける個々の人間であり」、「自然の形成物においては、人間によって創造された芸術作品や文学作品である」と。ヤスパースの〈実存〉哲学は、それがまだ知っていないものをたえず呼び覚まし、開明しながら動いて行く。そして、まだ現れていない本来的な自己存在へいたろうとする。

そこで、初めには〝中庸ぶり〟しか見えなかった清水博司の詩作品の、その内奥に、ようやく私は、〝過剰な豊穣さ〟を知ることが出来るような気がするのだ。

〈風〉に溶け込み、「惑星思考(プラネタリティ)」へ向かうこと
——清水博司論

岡和田晃

こと「現代詩」に付き物の、小手先のズルさがまったくない。清水博司（一九五一年～）の詩作を読む者は、そのような印象を抱くはずだ。第一詩集『地球に吹いた風に』（芸風書院、一九八七年）をひもとけば、「「まかべじん」さん」という固有名を付した作品が目に入る。

〈ゆっくり　小便をしたり
摘みくさをしたり〉
しながら峠にたどりついた旅人は
土を握り
土の汗をふき
透明なかげろうのように
ことばをいっぱい胸にひそませて
ぼくらの世界に別れを告げていった

一九〇七年生まれの詩人・真壁仁は、一九八四年に没しており、その追悼の想いが詠われている。この「土」に塗れた「旅人」という真壁像は、真壁が編纂した『詩の中に目ざめる日本』（岩波新書、一九六六年）に顕著なものだ。同書は、「戦後詩」としての「現代詩」のパラダイムにおいて、しばしば「下手」とラベリングされて黙殺されてきた八十三人の「民衆詩人」のアンソロジーであり、いま読んでも十二分に画期的である。詩壇がカバーできていない優れた美質をもつ作品が集められ、ヴェトナム戦争のような社会の危機に対する批評ともなっており、廉価で幅広く読まれたからである。

楠原彰『野の詩人　真壁仁』（現代企画室、二〇二〇年）

によれば、「無名の常民」こそが文化の基底を作り出しているという発想を、真壁は一つの核としていた。これは一九五〇年代末の生活記録運動と響き合うものだが、国民教育研究所の研究会で出逢った歴史学者の上原専禄の影響をも、真壁は強く受けたという。曰く、「地域」それぞれに固有の価値があり、その複合体によって「日本」という国民国家は成立しているが、「日本」という共同幻想を自明の価値としては、ファシズムへと引き戻されてしまう。ゆえに「抵抗の場」としての「地域」のあり方を「教育」により培わねばならない。そうした姿勢を、上原から学んだわけだ。

真壁の中には「孤独な精神の奥底に垂直に向かう方向」と、「個人の体験を、民族や集団の体験との共有・共存のなかに解き放っていこうとする、民衆文化への一体化に向かおうとする面」とが併存していた、というのが楠原の見立てである。実は、こうした二つの方向性は、まさしく清水の詩作にも見受けられる大きな特徴なのだ。

『地球に吹いた風に』において、二番目に収められた詩篇は「愛する　石原吉郎さんへ」と題され、「ツンドラになにかを縛りつけたまま／ラーゲルとニッポンを往還している」と締められている。ここでは、「愛する」ための対象を措定せず、つまり「愛すること」を非・目的論的に実践した者としての石原吉郎（一九一五〜一九七七年）に対する敬意が書き留められている。そして、「愛」を「語らうこと」とは、「たえまなくあなたからそよいでくる風」を触知し、バラバラな「世界」を「二つながら」融合させることだと、第三詩集『ことばは透明な雫になって』（潮流出版社、二〇〇八年）に収められた詩篇「語らう」では記されていた。

石原吉郎がシベリア抑留で体験した壮絶な極限状況は、なまなかな言表を退けるものであるが、そうした失語の経験を、清水は「愛すること」に仮託させている。その意味を考察するため、哲学者ジャン・ヴァール（一八八八〜一九七四年）が、ナチスによってドランシーの強制収容所へ幽閉されていた時に綴った詩篇を並べてみたい。「真夜中にぼくにぼくの詩を書き取らせようと／外からやってくる声がときたま耳に入ると／突然ぼくのなかで内なる呟きが聞こえた／ぼくにこう言った、／どの言葉もひとつとして書かれていない、と。」（「吐息と沈黙」、水野浩二訳）ここでは詩を書かせる衝迫をもたらす外からの声が、記述されている言葉の余白と拮抗し、空隙としての緊張が予告されている。

〈詩〉を読むにあたって不可避的に要求されるのは、こうした空隙に何が仮託されているのかを看取しようとする姿勢である。さもなければ、言葉は交換可能なものであるがゆえ（言葉を発する）主体もまた――いくらでも替えがきく存在がゆえに使い捨ててかまわないとする――悪しき新自由主義的ライトヴァースの論理にすべてが包摂されてしまいかねない。

『地球に吹いた風に』の表題作では、「火葬されたあなた」と対比させられる形で、「土葬をねがうぼくがいる」と綴られる。「土饅頭」の中で、「蛆やふんころがしやミミズ」と「仲良くしていたいのだ」と「ぼく」が願うのは、「ゆがんだりのびたりするようなテープの中」という時間の内で生きざるをえない哀しみ、あるいは「胎児が嬰児になったとき」にそれを「腐敗」させ、「ホルマリン」漬けにしてしまうような――つまり無垢な存在へ一方的に振るわれる――暴力とは、自らを埋葬させてもなお、無縁でありたいという希求が詠われている。その埋葬が完成して初めて、詩人は「地球に吹いた風」と一体化できる。

空隙としての緊張は、〈風〉に溶け込み、未知の領域へと運ばれる。国境を超え、地球という惑星全体を軽やかに、けれども哀しみを湛えて駆け巡る詩意識のあり方は、ガヤトリ・C・スピヴァクに倣えば「惑星思考（プラネタリティ）」の一つの実践、ということになろう（『グローバリゼーションの時代における美的教育』、二〇一二年）。「惑星思考」を新自由主義的な冷酷さと切り離すために求められるのは、批判的地域主義、つまり〈詩〉を育む各々の「地域」や、その集積体としての「日本」のあり方を、再帰的に検証していく営為なのだ。

『地球に吹いた風に』の終わり近くに配置された「野付牛」では、モダニズム文学の二つの潮流、すなわちシュルレアリスムとプロレタリア文学を彩るルイ・アラゴンのような固有名を介し、「故郷」としての北海道・北見という土地性（トポス）が詠われていた。詩篇では北見が、「乾草の臭いのする村々に囲まれる／ひとつの街／ヌプンケシ（野の果て）と呼ばれ／夢からたたきおこされて／野付牛と文字をうたれた」と描かれる。この光景は、二〇一九年に発表された「ケシ」（「潮流詩派」二五七号・詩集未収録詩篇）にも通じるものだ。「ケシはアイヌ語で端を意味する／そしてそれは果てでもあった」から始まる同作は、「ヌプンケシ　野の端　野の――果て」と名付けられた場所の「ケシを咥えて」生まれた「ぼく」が、白樺林を歩き回り板屋根の下で成長し、「深夜そっと／人柱の常紋トンネルを潜りぬけ」故郷を後にする模様が詠われる。その光景はまた、「林の道」（「潮流詩派」二六二号、二〇二〇年）でも描き直されているようだ。「野付牛」では、「ヌプンケシ」（アイヌ語表記ではプとシを小文字にするのが正確）という故郷は「言葉のみで宙をかける」ものであった。それはさながら〈風〉であり、「小林多喜二の風」もあれば「久保栄の風」すら吹きめぐる、批判的地域主義の歴史をめぐる〈風〉である。

　これら多様な〈風〉のあり方を、清水は詩作と並行する「潮流詩派」等の編集作業を介し、他者の声を受け入れることで培ってきたのかもしれない。中でも特筆すべきは、和光大学時代にゼミで師事した・祖父江昭二（一九二七〜二〇一二年）の遺稿を、野田由紀男・村山雅彦・坂上隆雄と一緒にとりまとめ、『二〇世紀文学としての「プロレタリア文学」』（二〇一六年）および『久保栄・「新劇」の思想』（二〇一八年）として刊行したことである。どちらもエール出版社から出た五百頁ほどの大部の書物で、独立した論集として充分、読むに値する。論点は多岐にわたるが、前者では小林多喜二等プロレタリア文学の展開がリアリズムの問い直しという観点で検証されている点が重要で、後者では一九五八年に没した久保栄の位置を、いち早く「芸術的抵抗と孤立」という言葉で総括している。ここから顧みれば、バルザック式の一九世紀的な「ブルジョア・レアリズム」とは異なる道筋を模索しつつ、それを「孤立」へと追いやらないためにこそ、常に場所が移り変わる〈風〉という形象が召喚されているのだろう。

その〈風〉は、清水の第二詩集『いきつもどりつ』（潮流出版社、二〇〇〇年）に収められた「海峡」で詠われるように、「外地」としての故郷・北海道と「内地」の境界においてこそ、吹きすさぶものとなっている。「地球に吹いた風に」では「ある日の正午きっかり」に「陥没した「ぼくの土饅頭」は、「海峡」として秘かに変奏されている。

海峡に吹く風がある
閉ざされる海峡がぼくなのだ
ぼくはうねりながら流れる
ぼくは魚を食い
魚たちは銀色に輝きながら
ぼくの背鰭を食い
いつの日にか魚たちはぼくを解体する

海峡をわたったことがある

魚に仮託された自然と融合することで初めて、境界を超えることは可能になる、という謂いだろう。それは人間中心主義への静かな批判ともなっている。続く詩篇の「行間は遥か北国の」では、「雲は海へ溶けていくの　それとも空へ」との問いがあり、「ぼくらの明日へかもしれない」と、詩意識の向かう先が未来であると示唆されながらも、「行間は小刻みにふるえながら／ぼくの今日へ」と、まさしく「いきつもどりつ」することになる。こうした逍遥の経験に根拠を与えるのは、原型的な「愛」のあり方だ。「ミーナ」と題された詩では、「ミーナとは／アイヌ語で笑うという動詞／二人称はエミーナ／一人称はクミーナ」としたうえで、自分が笑い、相手が笑いかける、ただそれだけで「世界のすべてが開かれることも／ある」との確信が綴られる。それらの言葉もまた「風のもたらす」ものなのだ。

第三詩集『ことばは透明な雫になって』の表題作では、「ことばはたえまなく透明な雫になって／人々それぞれの心の底の砌に落ち／はじけている」がゆえに、そこから言葉や、言葉によって織りなされる物語性の恢復すら目されている。ただ、第四詩集『さあ帰ろう：around the corner』（潮流出版社、二〇一六年）は――ステファン・コマンダレフ監督のブルガリア映画から表題が採られていることからもわかるように――文体を維持しながら、他者の言葉の引用や戦争体験のような失語をもたらす経験を、より積極的に取り入れようとしていることが窺える。引用が浮いてしまうこともあり、必ずしも成功しているとは言えないものの、「座布団」、「島・燃える」、「戦争の悲惨」、「実際のところ」、「眠れない　眠るのだ」といった収録作のいずれにも、戦争の影が落ちているのは確かだろう。

石毛拓郎の個人誌「飛脚」の一六号（二〇二〇年）に寄せた「長谷川四郎が向き合わねばならなかったもの」で、清水はシベリア抑留を経験した長谷川四郎（一九〇九～一九八七年）の第二小説集『鶴』（一九五三年）で採られた、行為行動そのものを「抑制された客観的な記述方法」を通して記録することで――歴史の狭間に埋もれ――忘れられた死者への「鎮魂曲」となるようなスタイルに深い共感と可能性を見ている。

シベリアに抑留され、「徳田要請問題」に巻き込まれて自死をした菅季治（一九一七～五〇年）に取材した「ポケットの中の「ソクラテスの弁明」」（「潮流詩派」二六〇号、二〇二〇年）では、「強いられた長い旅から帰ってきた」主体が行き着いた町は、「氷点下を呼吸し始め　移動する」ものであり、人間のあらゆる罵詈雑言や不純を飲み込み、「凍裂を繰り返し　いまも　移動し続けている」ものだと詠われる。ここには共感と遷移により、一方的な裁断が回避されている。

「沼袋（一九七〇）」（「潮流詩派」二六三号、二〇二〇年）やジョン・レノン暗殺の翌年（一九八一年）の記憶を綴った「そこ」（「潮流詩派」二六四号、二〇二一年）のように、詩人の青年期を問い直すがごとき近作も、絶えざる「いきつもどりつ」のプロセスを綴っていることは変わらない。『ことばは透明な雫になって』に収められた「橋」で、丸子橋等の多摩川に架けられ東京と神奈川を取り結ぶ橋の名が羅列され、「川は／まだ／青空をうつせるほど／澄んではいない」ながら「絶え間なく／物語を流し」、「あなた」と「ぼく」を取り結ぶはずなのに「ぼくは橋を渡りきることができない」でいるのを思い出そう。「中央」そのものにも、そこから半歩踏み出した空間にも、いまだ自らの場所を定められずにいるのだ。

そして、記憶を幾重にも語り直していくうえで、開拓者の末裔としての自らについても問い直しがなされるわけだが、ここから——地名や片句のアイヌ語に留まらず——他者としてのアイヌ民族への歴史的加害の位置をどう作品にて再定位させていくか。それが詩人・清水博司の今後の課題であるものと思えてならない。

（初出：「潮流詩派」二六五号、二〇二一年）

清水博司年譜

一九五一年（昭和二十六年）　当歳
十月十二日　北海道北見市生。
一九七〇年（昭和四十五年）　十九歳
三月　北海道立北見北斗高等学校卒業。
一九七五年（昭和五十年）　二十四歳
三月　和光大学人文学部文学科卒業。
在学中に学内の同人誌「同塵」に参加。
一九七六年（昭和五十一年）　二十五歳
三月　和光大学人文学部専攻科修了。
四月　神奈川県立高等学校教諭（国語科）。
一九八〇年（昭和五十五年）　二十九歳
八月　和光大学日本文学会の夏季大会で「国語教育の現在」を発表。
一九八二年（昭和五十七年）　三十一歳
五月　「発条と過程」（発行人・愛敬浩一）に参加。一九八六年十二月、六号まで、一九八七年「発条と過程」別冊「ピクルス」。
一九八六年（昭和六十一年）　三十五歳
三月　『現代文の研究　改訂版』（角川書店）の「不思議な旅行者」（堀田善衛）の項を協力執筆。
一九八七年（昭和六十二年）　三十六歳
八月　「光芒」（発行人・斎藤正敏）に参加（三〇号から）。
十月　詩集『地球に吹いた風に』（芸風書院）刊行。
一九八八年（昭和六十三年）　三十七歳
四月　「潮流詩派」（発行人・村田正夫）に参加（一三三号から）。
五月　「かりん」（編集人・柏木義高）に参加（一四号から一九九〇年十月、二〇号まで）。
二〇〇〇年（平成十二年）　四十九歳
四月　詩集『いきつもどりつ』（潮流出版社）刊行（第五一回H氏賞候補）。
二〇〇一年（平成十三年）　五十歳
十二月　和光大学日本文学会（二〇〇四年十一月　和

光大学文学会に名称変更）副会長（和光大学の学部組織改編により二〇一三年文学会解散後、二〇一四年三月、会報合本発行まで）。

二〇〇八年（平成二十年）　五十七歳
九月　詩集『ことばは透明な雫になって』（潮流出版社）刊行。

二〇一二年（平成二十四年）　六十一歳
三月　神奈川県立支援学校を退職。同年四月から二〇一五年三月まで再任用教諭として県立支援学校勤務。

二〇一三年（平成二十五年）　六十二歳
五月　第二次「詩的現代」創刊より参加。
七月　『追悼　祖父江昭二』（祖父江昭二先生追悼文集編集委員会）の企画編集。

二〇一四年（平成二十六年）　六十三歳
三月　日本現代詩人会入会。
七月　「潮流詩派」二三八号から編集スタッフ。

二〇一六年（平成二十八年）　六十五歳
三月　祖父江昭二著『二〇世紀文学としての「プロレタリア文学」』（エール出版社学術部）を企画編集。
十一月　『さあ帰ろう――around the corner――』（潮流出版社）刊行。

二〇一七年（平成二十九年）　六十六歳
十二月　「詩的現代」二一号より詩誌評担当。

二〇一八年（平成三十年）　六十七歳
三月　祖父江昭二著『久保栄・「新劇」の思想』（エール出版社学術部）を企画編集。

二〇二〇年（令和二年）　六十八歳
十一月　「飛脚」（石毛拓郎個人誌）二五号に「長谷川四郎論」。

現住所　〒二一四―〇〇三六
神奈川県川崎市多摩区南生田七―九―四

新・日本現代詩文庫154 清水博司詩集

発行 二〇二一年六月三十日 初版

著者 清水博司
装丁 森本良成
発行者 高木祐子
発行所 土曜美術社出版販売
〒162-0813 東京都新宿区東五軒町三―一〇
電話 〇三―五二二九―〇七三〇
FAX 〇三―五二二九―〇七三二
振替 〇〇一六〇―九―七五六九〇九
印刷・製本 モリモト印刷
ISBN978-4-8120-2638-0 C0192

新・日本現代詩文庫

土曜美術社出版販売

141 小林登茂子詩集　解説　高橋次夫・中村不二夫
142 万里小路譲詩集　解説　近江正人・青木由弥子
143 稲木信夫詩集　解説　広部英一・岡崎純
144 清水榮一詩集　解説　高橋次夫・北岡淳子
145 細野豊詩集　解説　北岡淳子・下川敬明・アンバル・パスト
146 川中子義勝詩集　解説　中村不二夫
147 山岸哲夫詩集　解説　井坂洋子・藤本真理子・苗村吉昭・武田肇
148 天野英詩集　解説　小川英晴
149 愛敬浩一詩集　解説　村嶋正浩・川島洋・谷内修三
150 山田清吉詩集　解説　松永伍一・広部英一・金田久璋
151 忍城春宣詩集　解説　野田新五・周田幹雄
152 丹野文夫詩集　解説　倉橋健一・竹内英典
153 関口彰詩集　解説　松本邦吉・愛敬浩一
154 清水博司詩集　解説　麻生直子・愛敬浩一・岡和田晃
〈以下続刊〉

1 中原道夫詩集
2 坂本明子詩集
3 高橋英司詩集
4 前原正治詩集
5 三田洋詩集
6 本多寿詩集
7 小島禄琅詩集
8 新編菊田守詩集
9 出海溪也詩集
10 柴崎聰詩集
11 相馬大詩集
12 桜井哲夫詩集
13 新編島田陽子詩集
14 新編真壁仁詩集
15 南邦和詩集
16 星雅彦詩集
17 井之川巨詩集
18 新々木島始詩集
19 小川アンナ詩集
20 新編井口克己詩集
21 新編滝口雅子詩集
22 谷　敬詩集
23 福井久子詩集
24 森ちふく詩集
25 しま・ようこ詩集
26 腰原哲朗詩集
27 金光洋一郎詩集
28 松田幸雄詩集
29 谷口謙詩集
30 和田文雄詩集
31 新編高田敏子詩集
32 皆木信昭詩集
33 千葉龍詩集
34 新編佐久間隆史詩集
35 長津功三良詩集
36 鈴木亨詩集
37 埋田昇二詩集
38 川村慶子詩集
39 新編大井康暢詩集
40 米田栄作詩集
41 池田瑛子詩集
42 遠藤恒吉詩集
43 五喜田正巳詩集
44 森常治詩集
45 和田英子詩集
46 伊勢田史郎詩集
47 鈴木満詩集
48 曽根ヨシ詩集
49 成田敦詩集
50 ワシオ・トシヒコ詩集
51 高田太郎詩集
52 大塚欽一詩集
53 香川紘子詩集
54 井元霧彦詩集
55 高橋次夫詩集
56 上手宰詩集
57 網谷厚子詩集
58 門田照子詩集
59 水野ひかる詩集
60 丸本明子詩集
61 村永美和子詩集
62 藤坂信子詩集
63 門林岩雄詩集
64 新編原民喜詩集
65 新編濱口國雄詩集
66 日塔聰詩集
67 武田弘子詩集
68 大石規子詩集
69 吉川仁詩集
70 尾世川正明詩集
71 岡隆夫詩集
72 野仲美弥子詩集
73 葛西洌詩集
74 只松千恵子詩集
75 鈴木哲雄詩集
76 桜井さざえ詩集
77 森野満之詩集
78 坂本つや子詩集
79 川原よしひさ詩集
80 前田新詩集
81 石黒忠詩集
82 壺阪輝代詩集
83 若山紀子詩集
84 香山雅代詩集
85 古田豊治詩集
86 福原恒雄詩集
87 黛元男詩集
88 山下静男詩集
89 赤松徳治詩集
90 梶原禮之詩集
91 前川幸雄詩集
92 なべくらますみ詩集
93 津金充詩集
94 中村泰三詩集
95 和田攻詩集
96 藤井雅人詩集
97 馬場晴世詩集
98 鈴木孝詩集
99 久宗睦子詩集
100 水野るり子詩集
101 岡三沙子詩集
102 星野元一詩集
103 清水茂詩集
104 山本美代子詩集
105 武西良和詩集
106 竹川弘太郎詩集
107 酒井力詩集
108 一色真理詩集
109 郷原宏詩集
110 永井ますみ詩集
111 阿部堅磐詩集
112 新編石原武詩集
113 長島三芳詩集
114 柏木恵美子詩集
115 近江正人詩集
116 名古きよえ詩集
117 新編石川逸子詩集
118 佐藤真里子詩集
119 河井洋詩集
120 戸井みちお詩集
121 金堀則夫詩集
122 三好豊一郎詩集
123 古屋久昭詩集
124 佐藤正子詩集
125 川端進詩集
126 桜井滋人詩集
127 葵生川玲詩集
128 今泉協子詩集
129 柳内やすこ詩集
130 新編甲田四郎詩集
131 大貫喜也詩集
132 今井文世詩集
133 中山直子詩集
134 林嗣夫詩集
135 柳生じゅん子詩集
136 原圭治詩集
137 森田進詩集
138 水崎野里子詩集
139 比留間美代子詩集
140 内藤喜美子詩集

◆定価（本体1400円+税）